PHOTO UWE OMMER

LES EDITIONS LOVE ME TENDER REMERCIENT PARTICULIEREMENT TOUS LES PHOTOGRAPHES : JEAN-JACQUES BARRELLE, WENER BOKELBERG, JACQUES BOURBOULON, BURT BUNGER, ROBERT FARBER, HANS FEURER, JOE GAFFNEY, FRANCIS GIACOBETTI, DENIS JOBRON, MARTIN KRÜGER, JEAN-DANIEL LORIEUX, MICHEL MOREAU, UWE OMMER, PAUL WAGNER, AINSI QUE IMAGE BANK, GILLES DEVICO, VLOO ET EXPLORER.

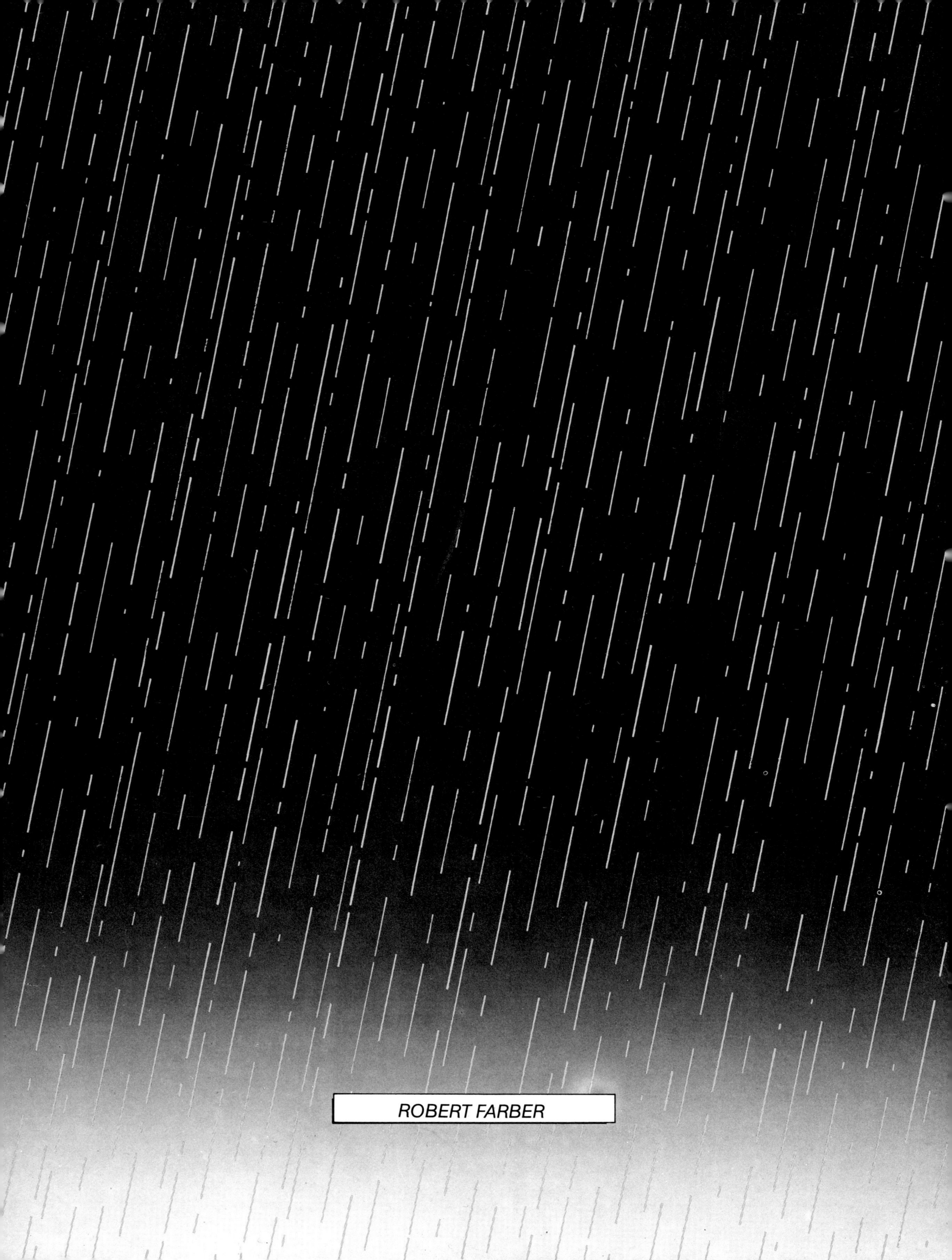

MICHEL MOREAU

PAUL WAGNER

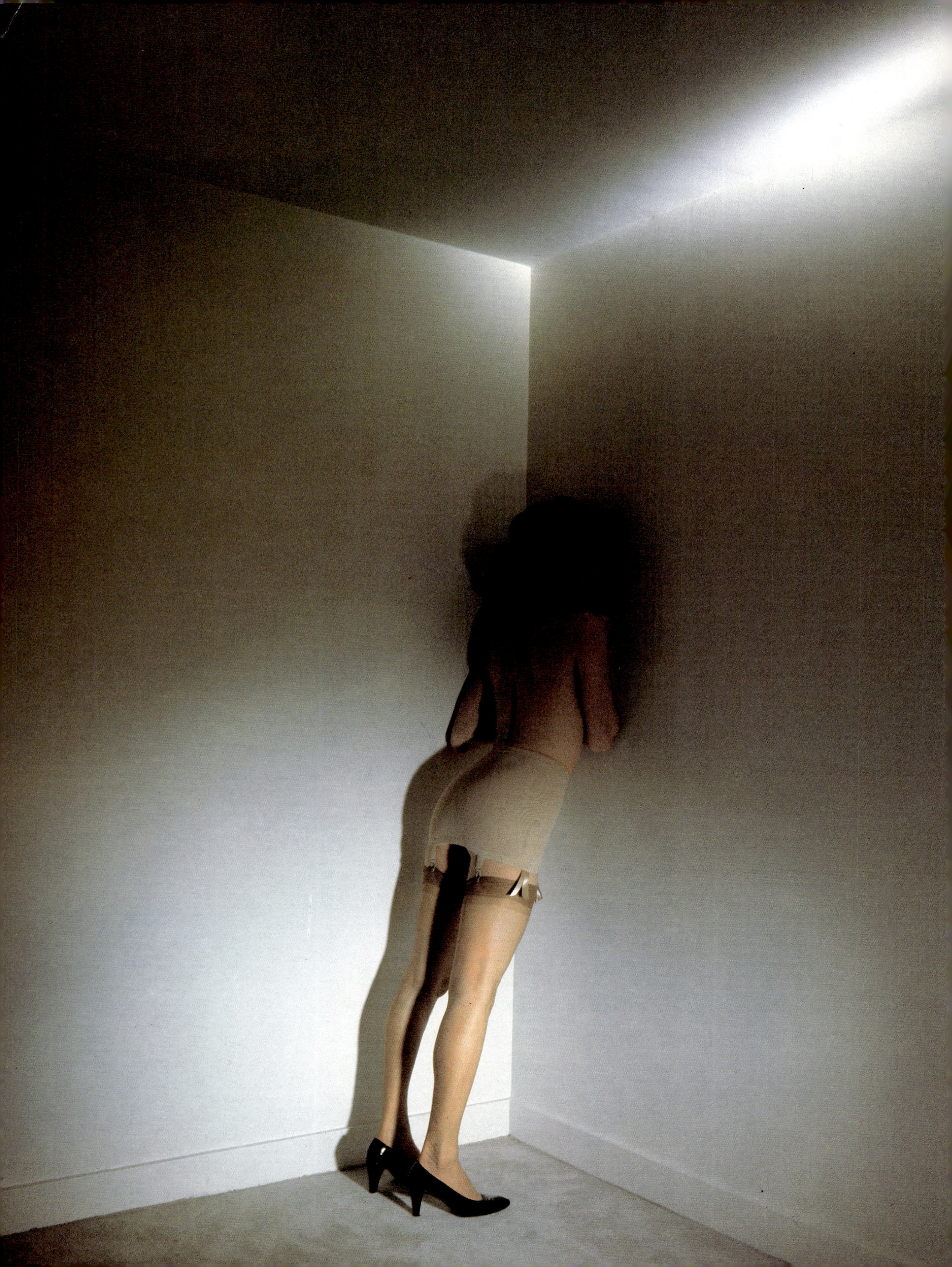

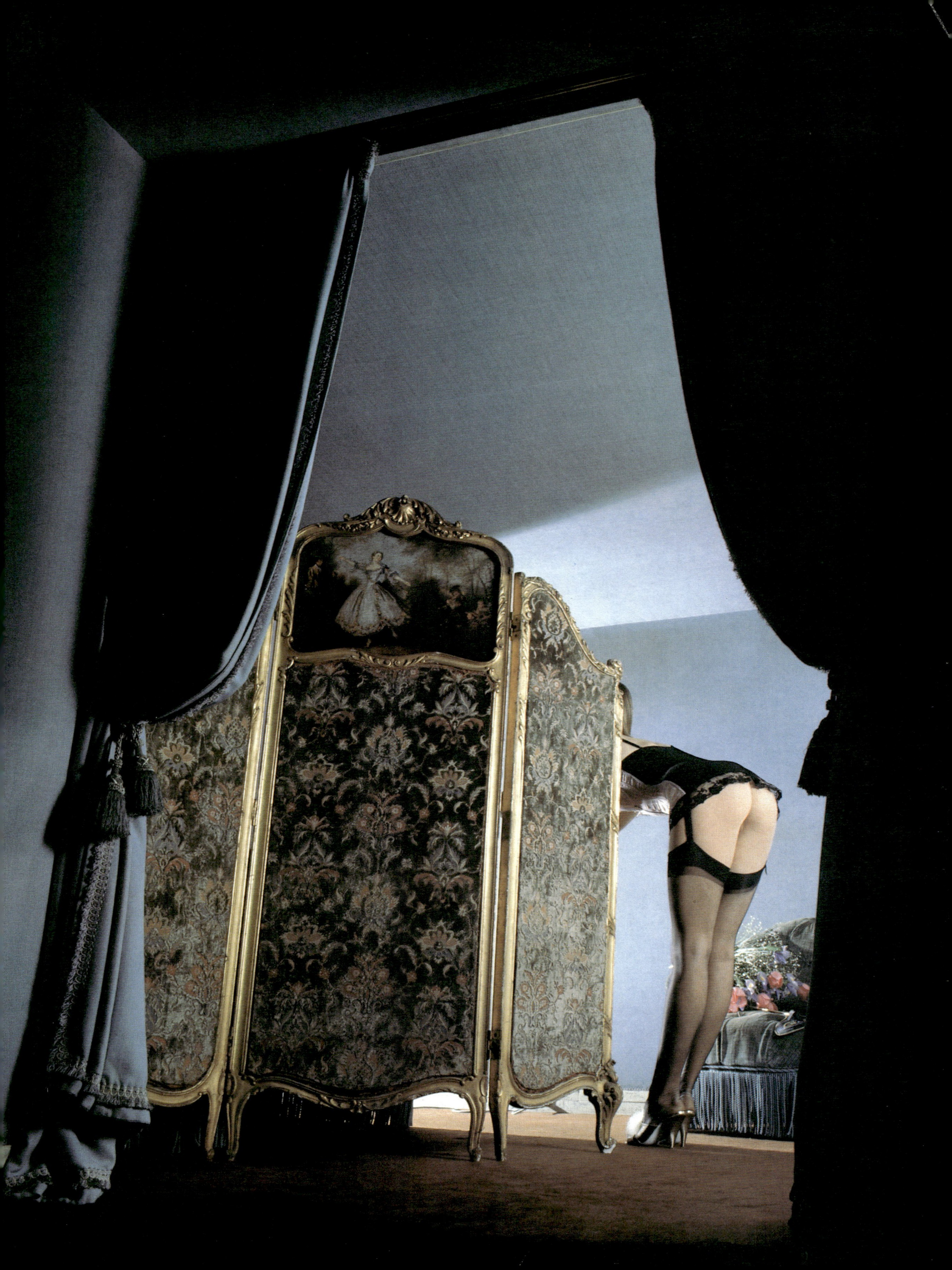

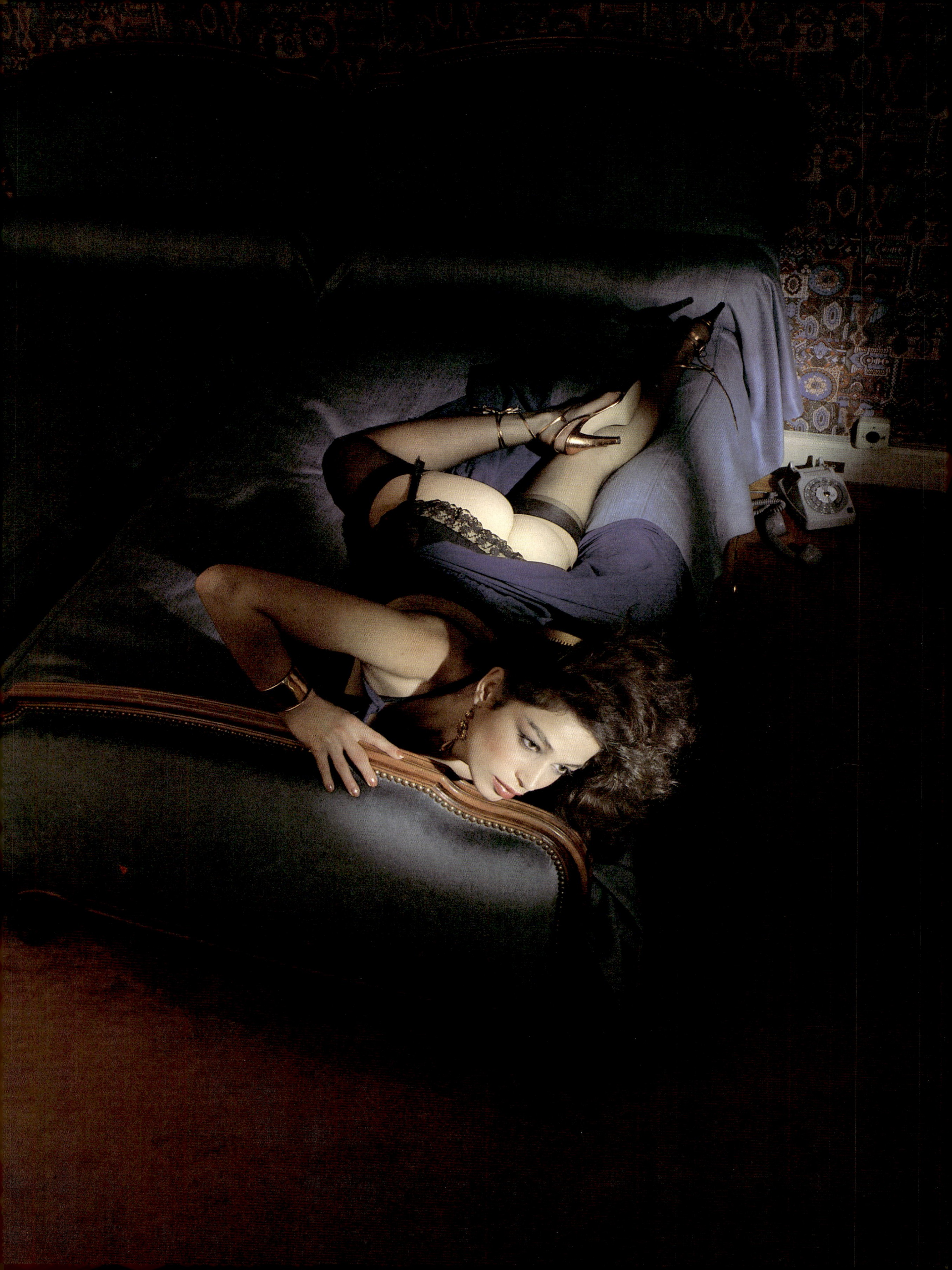

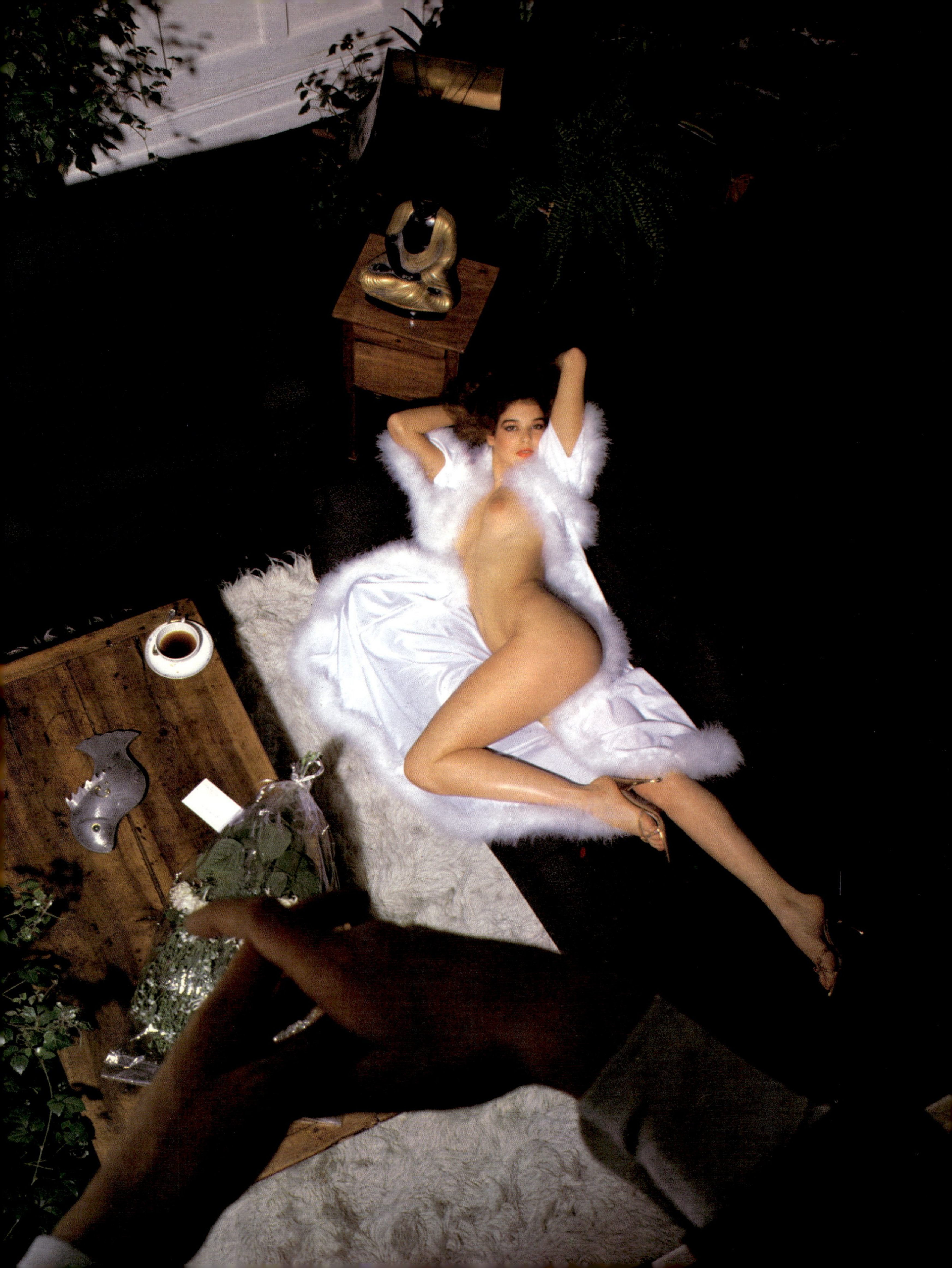

JOE GAFFNEY

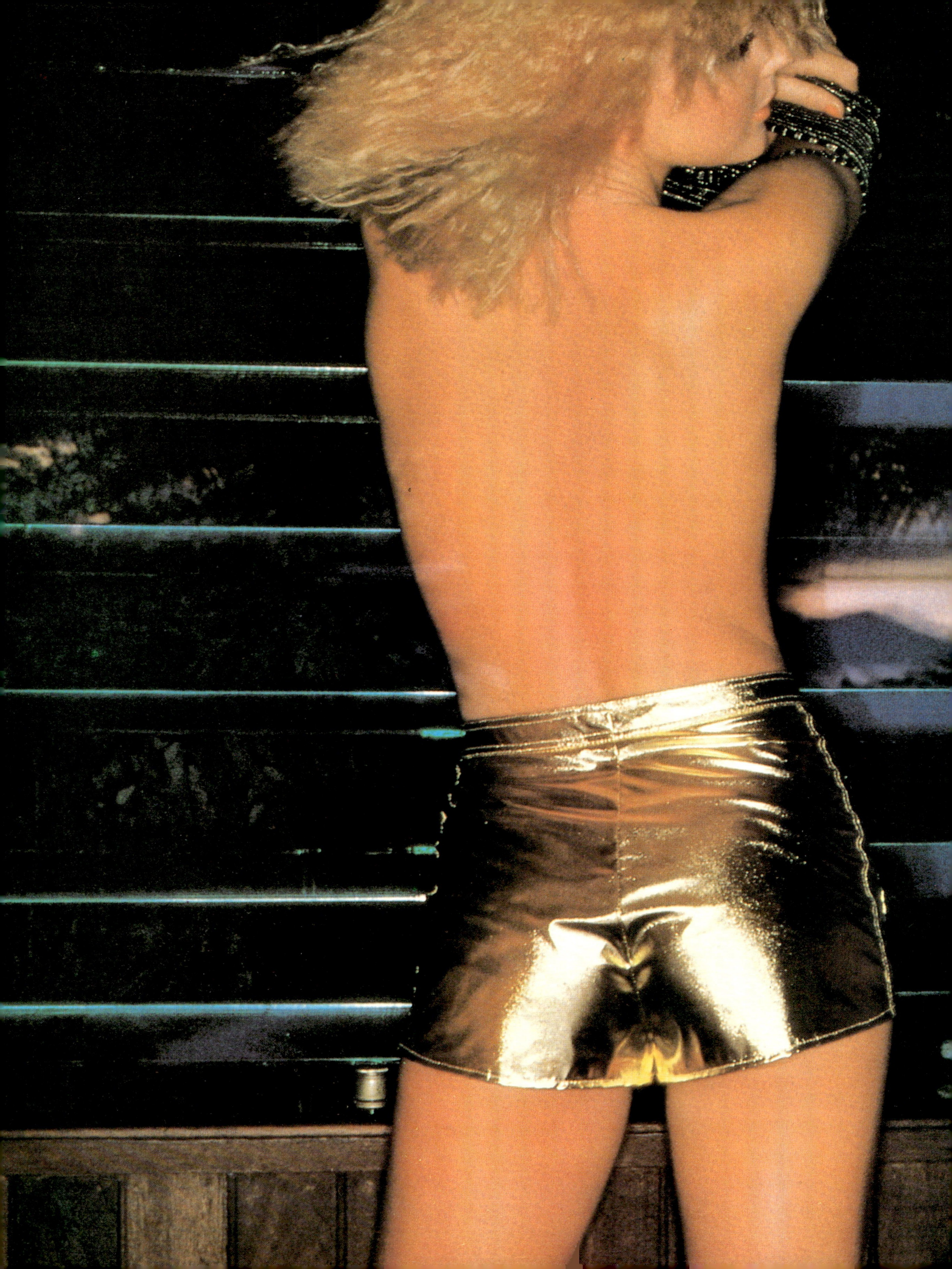

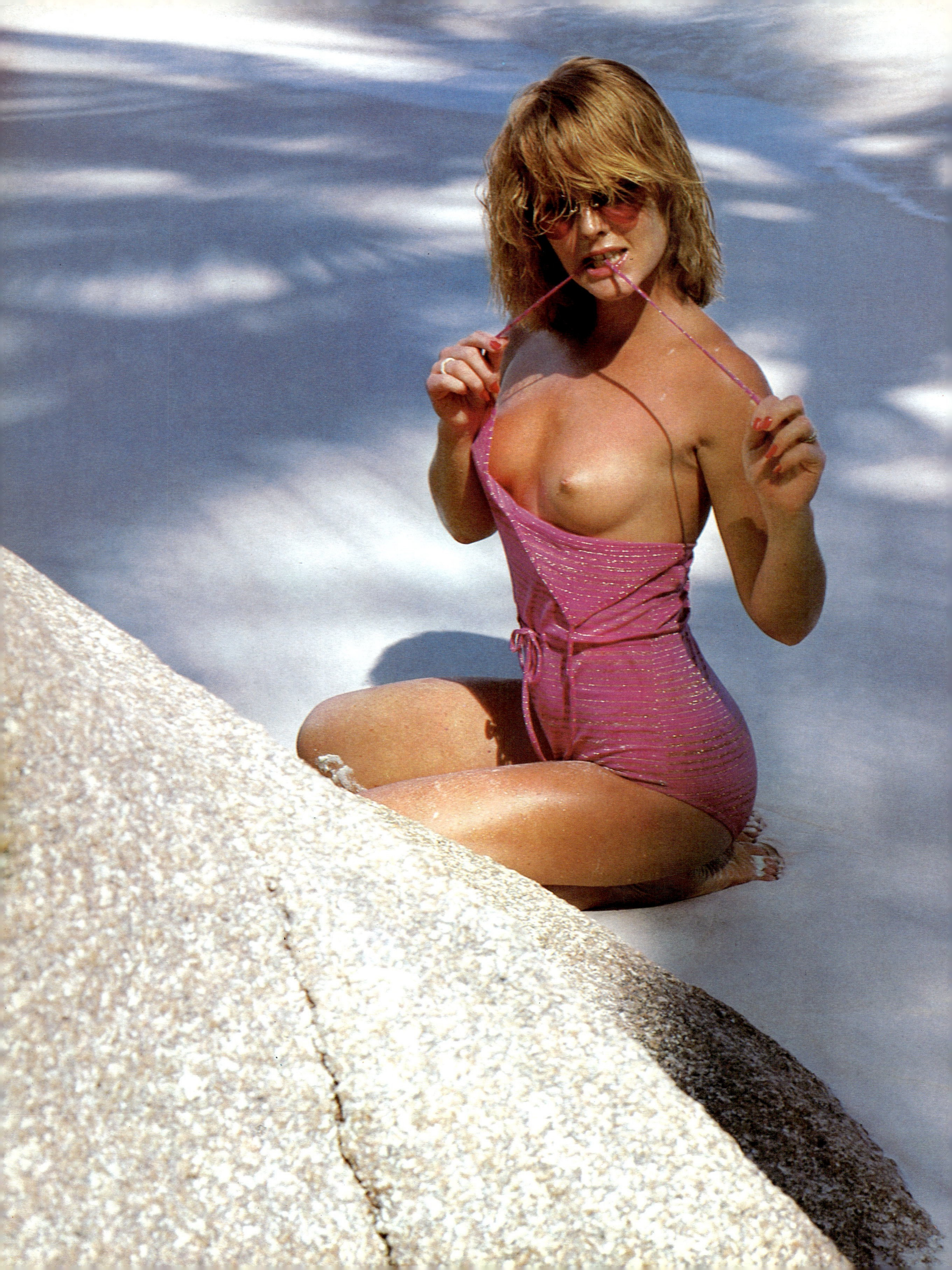

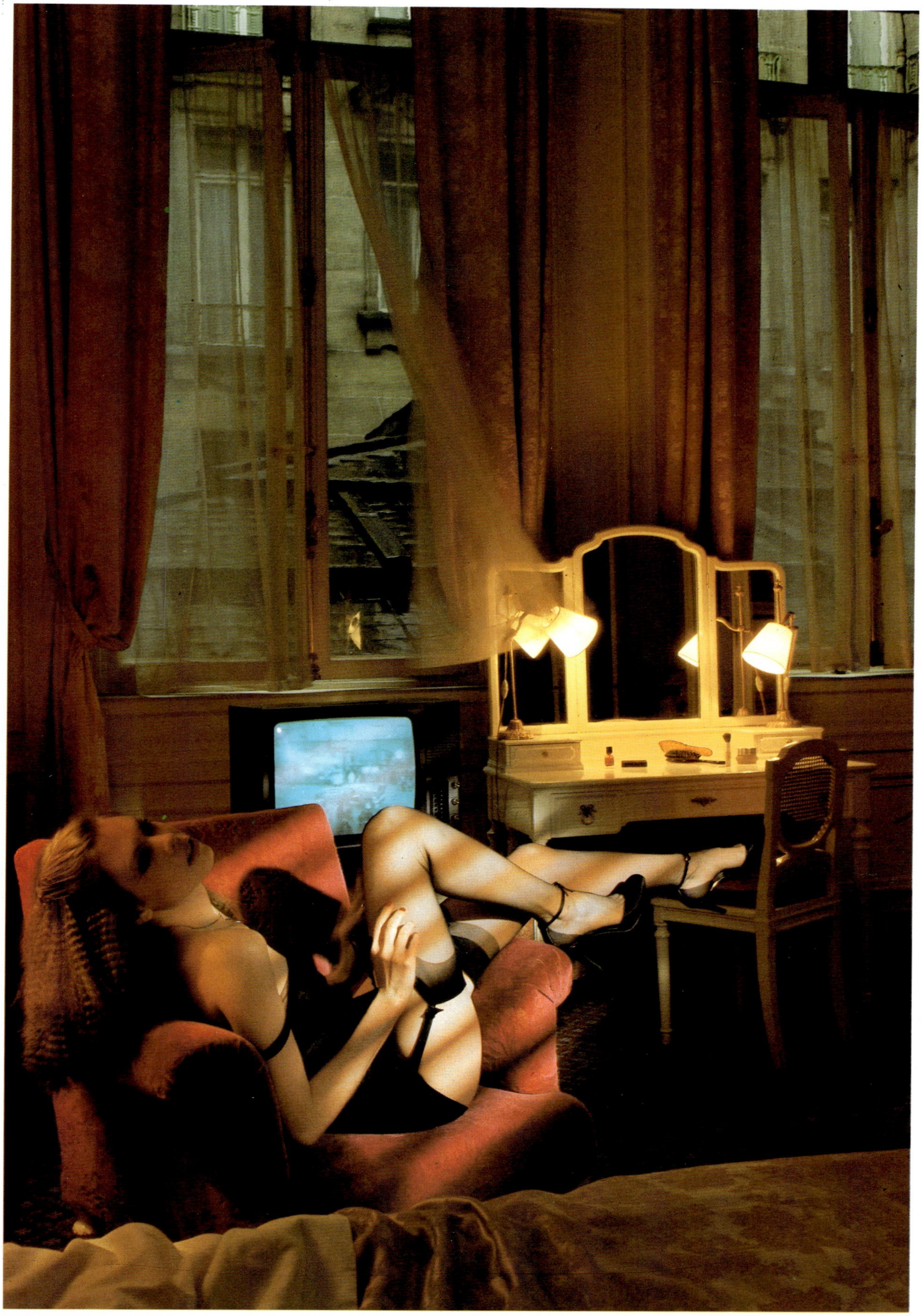

DENIS JOBRON

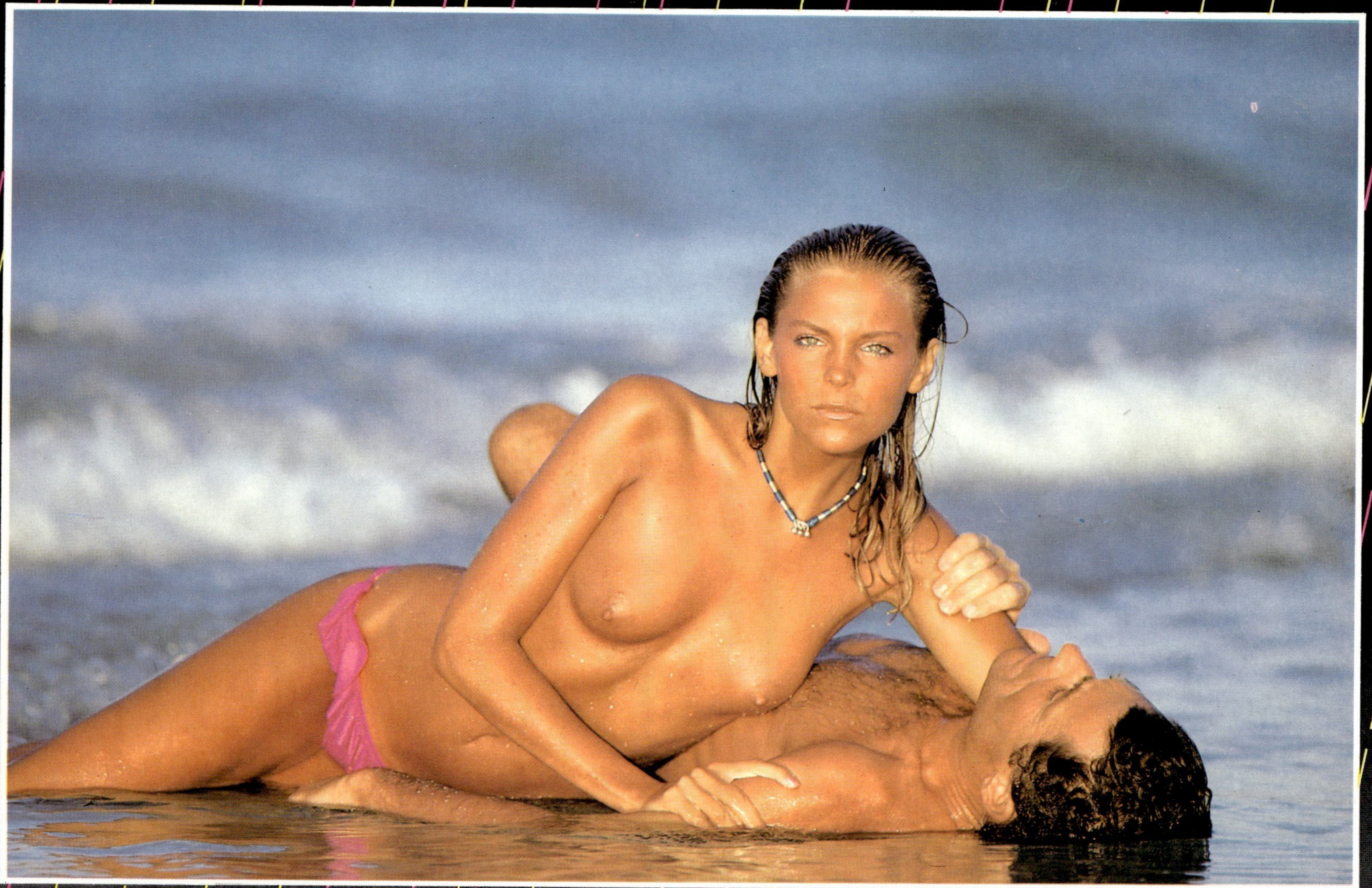

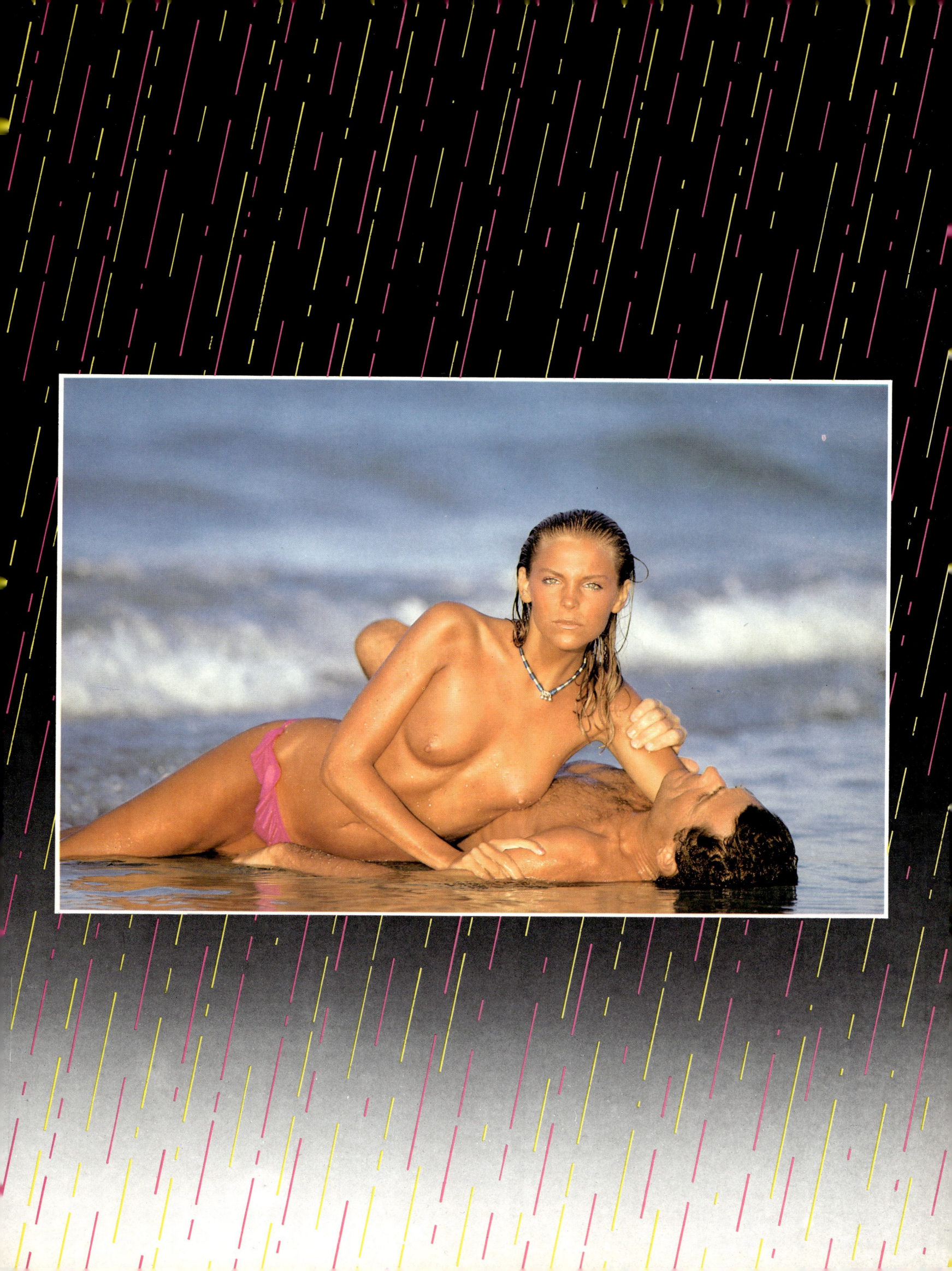

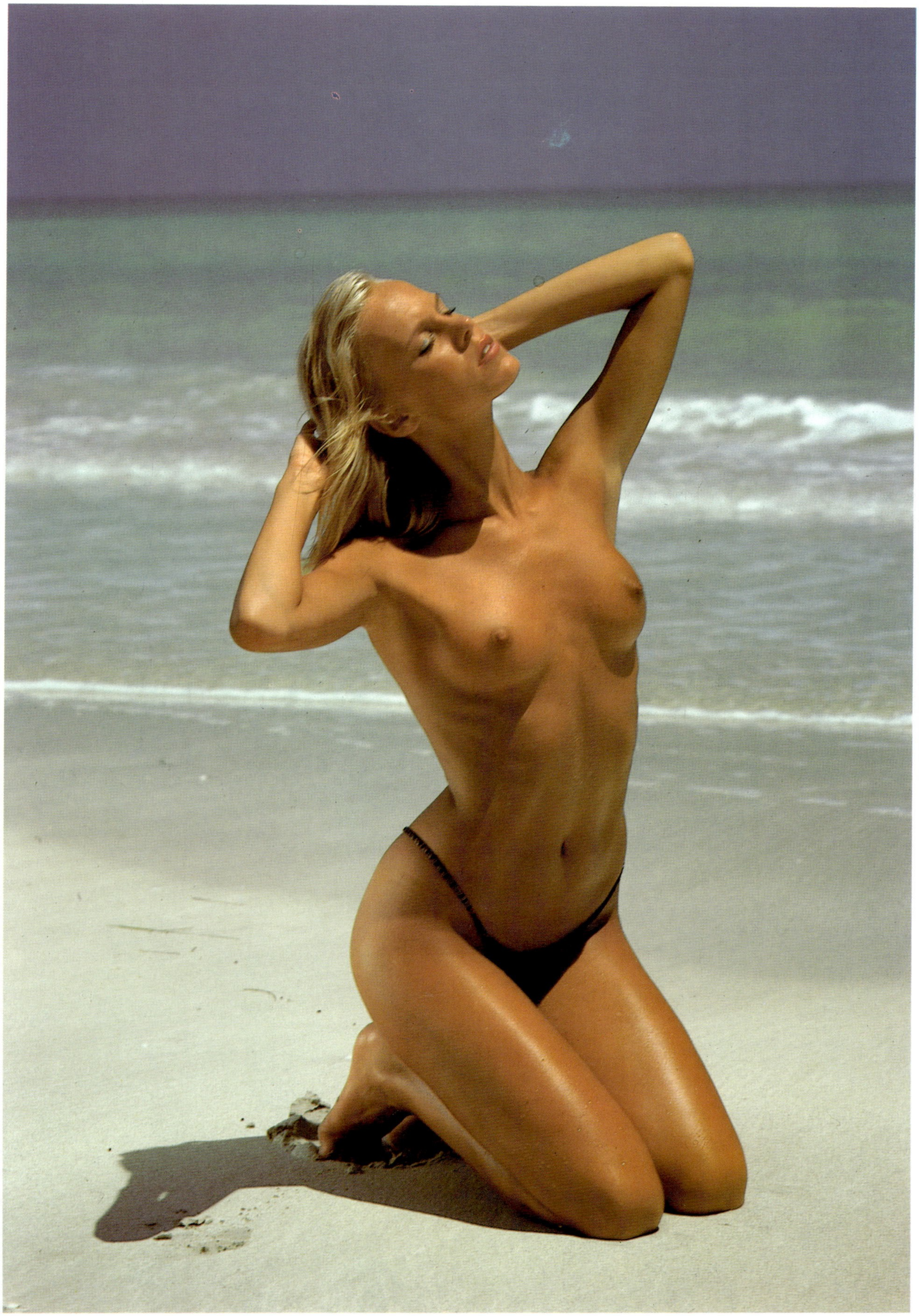

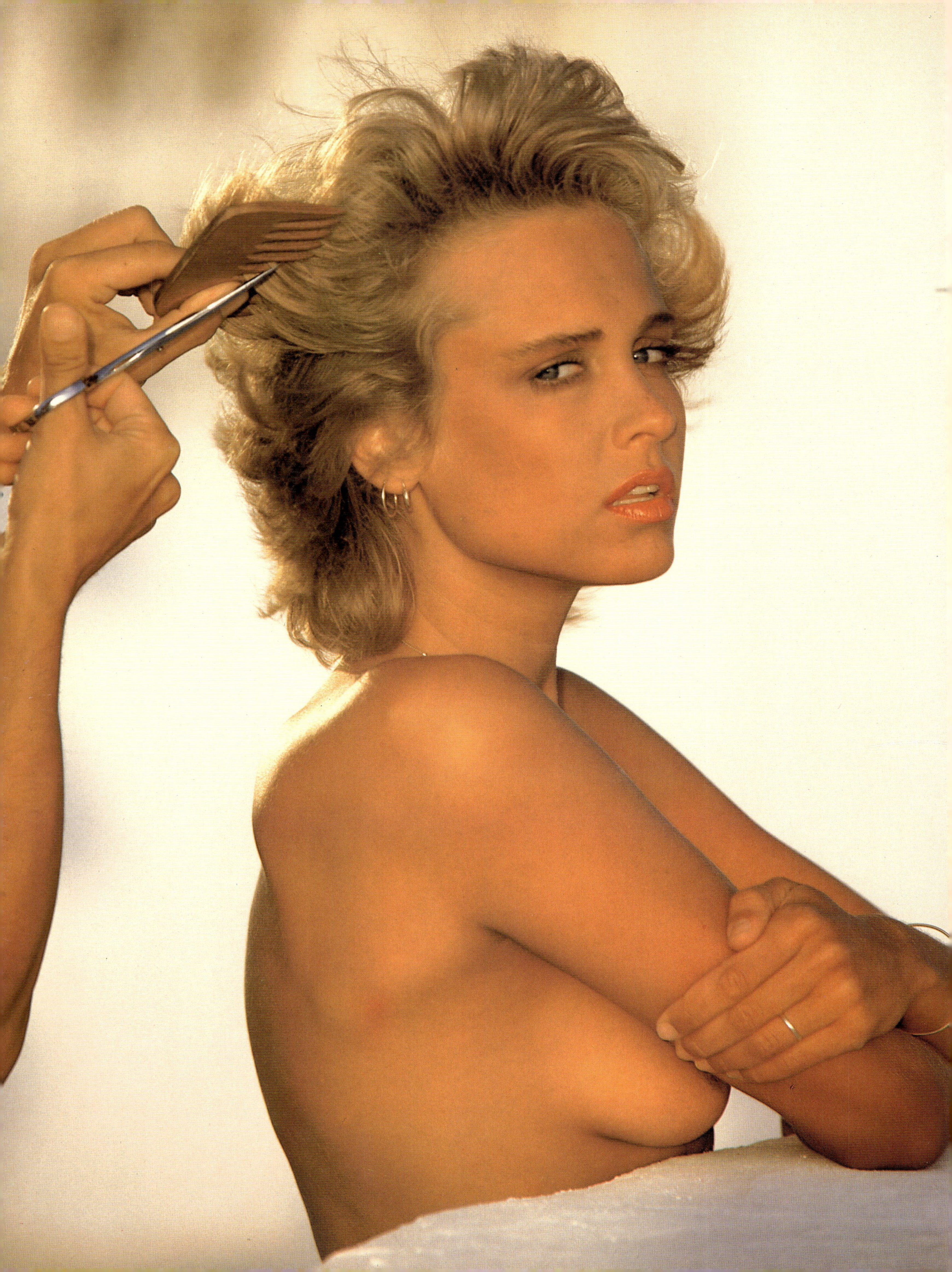

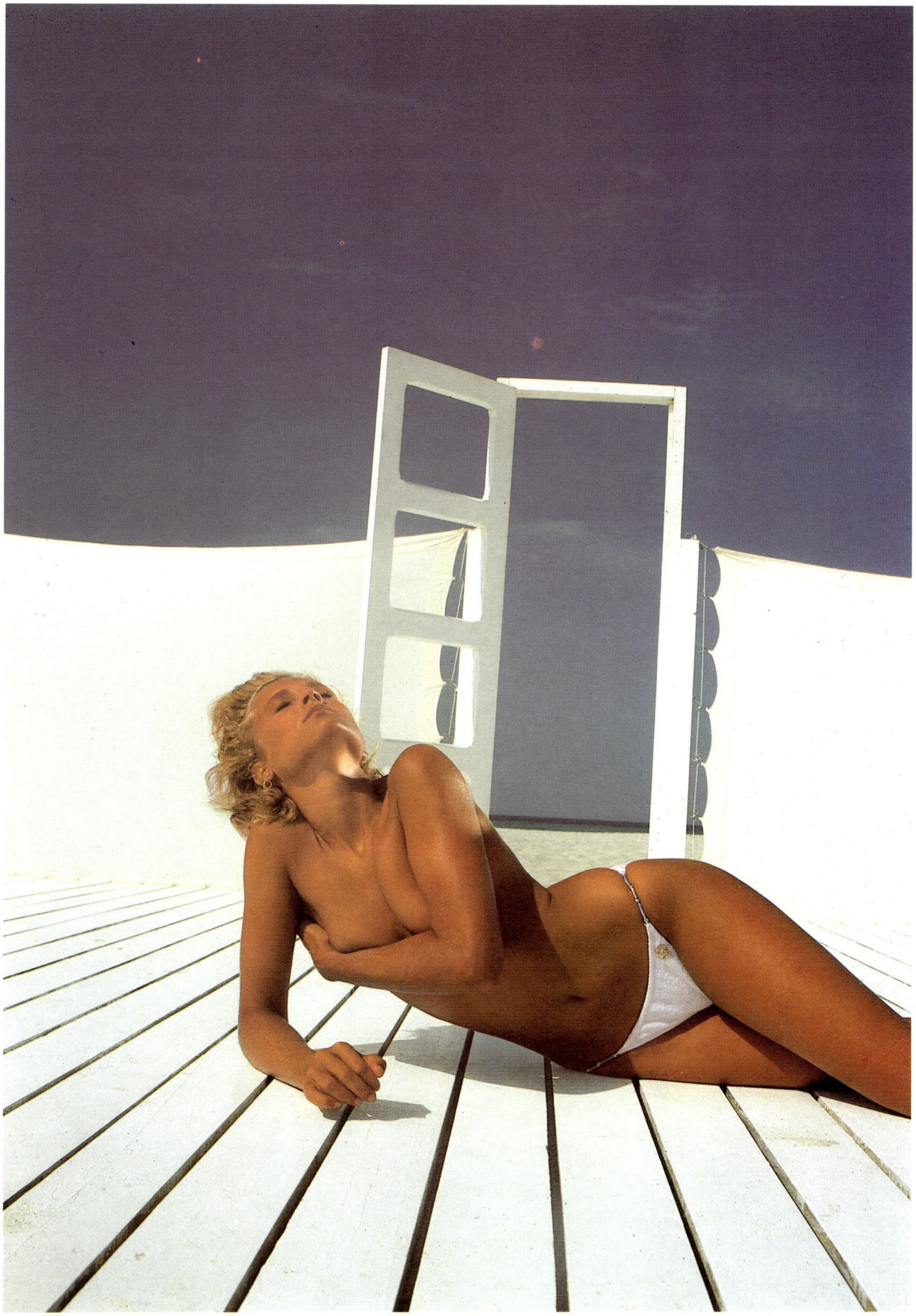

JEAN-DANIEL LORIEUX

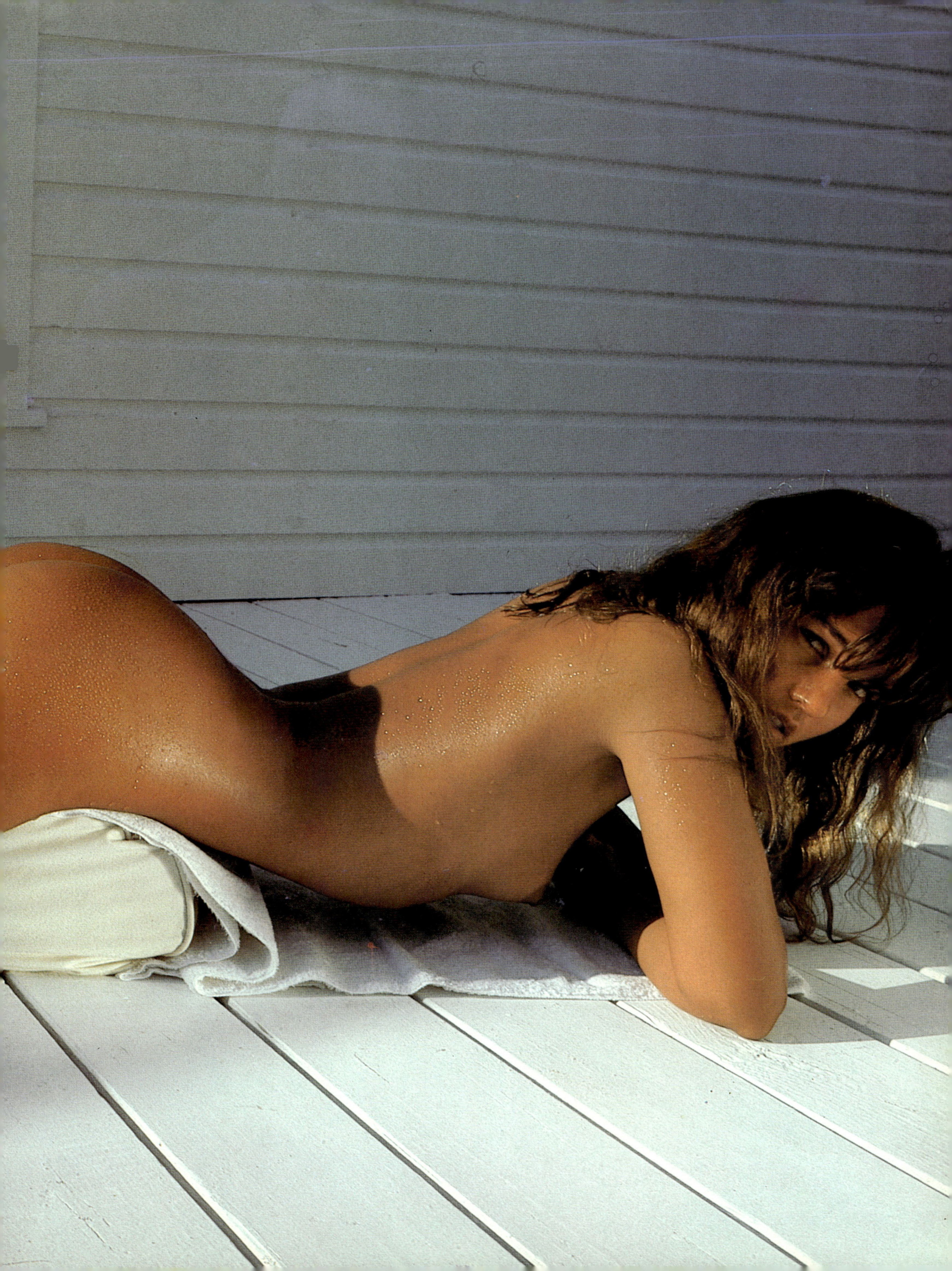

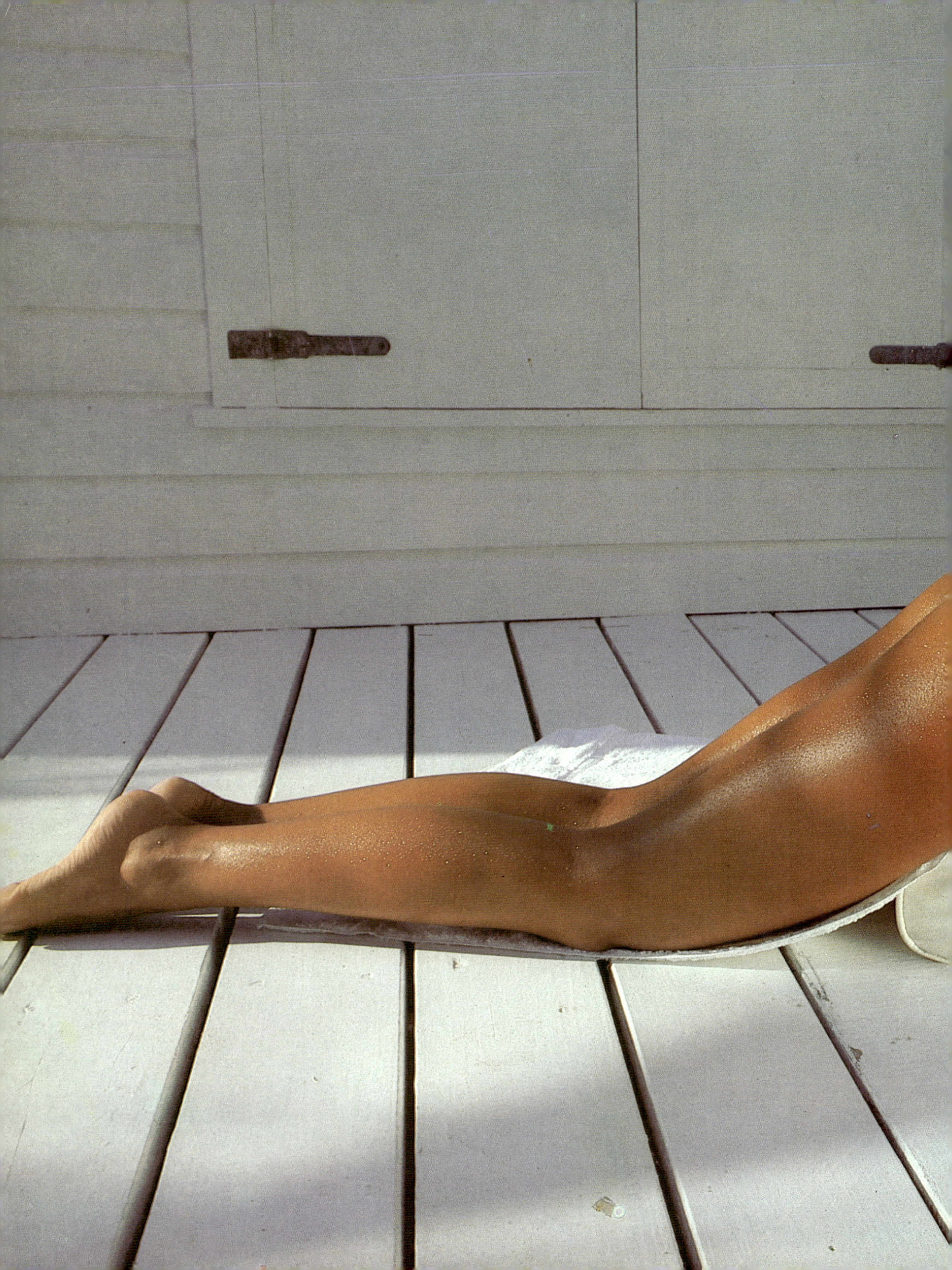

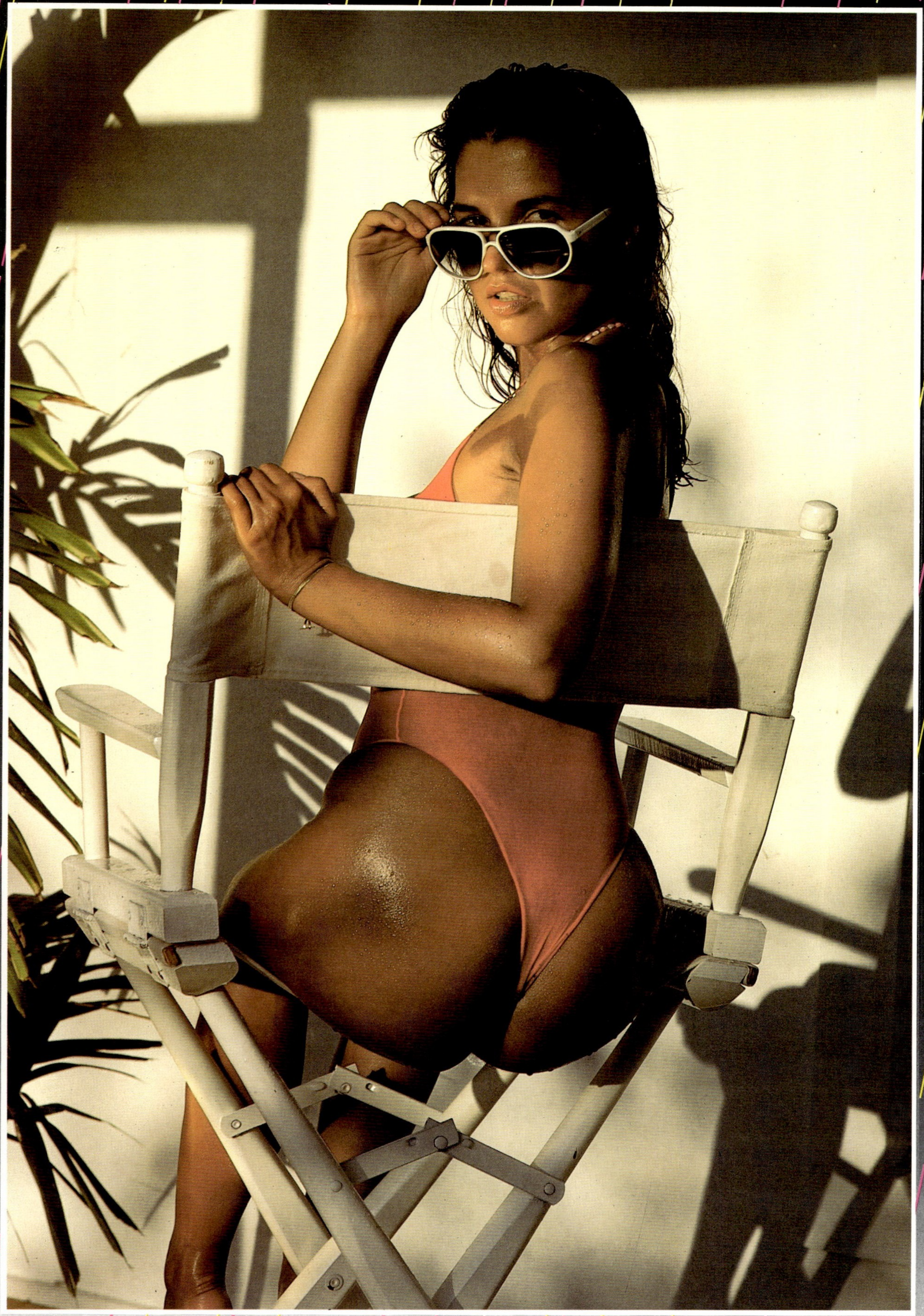

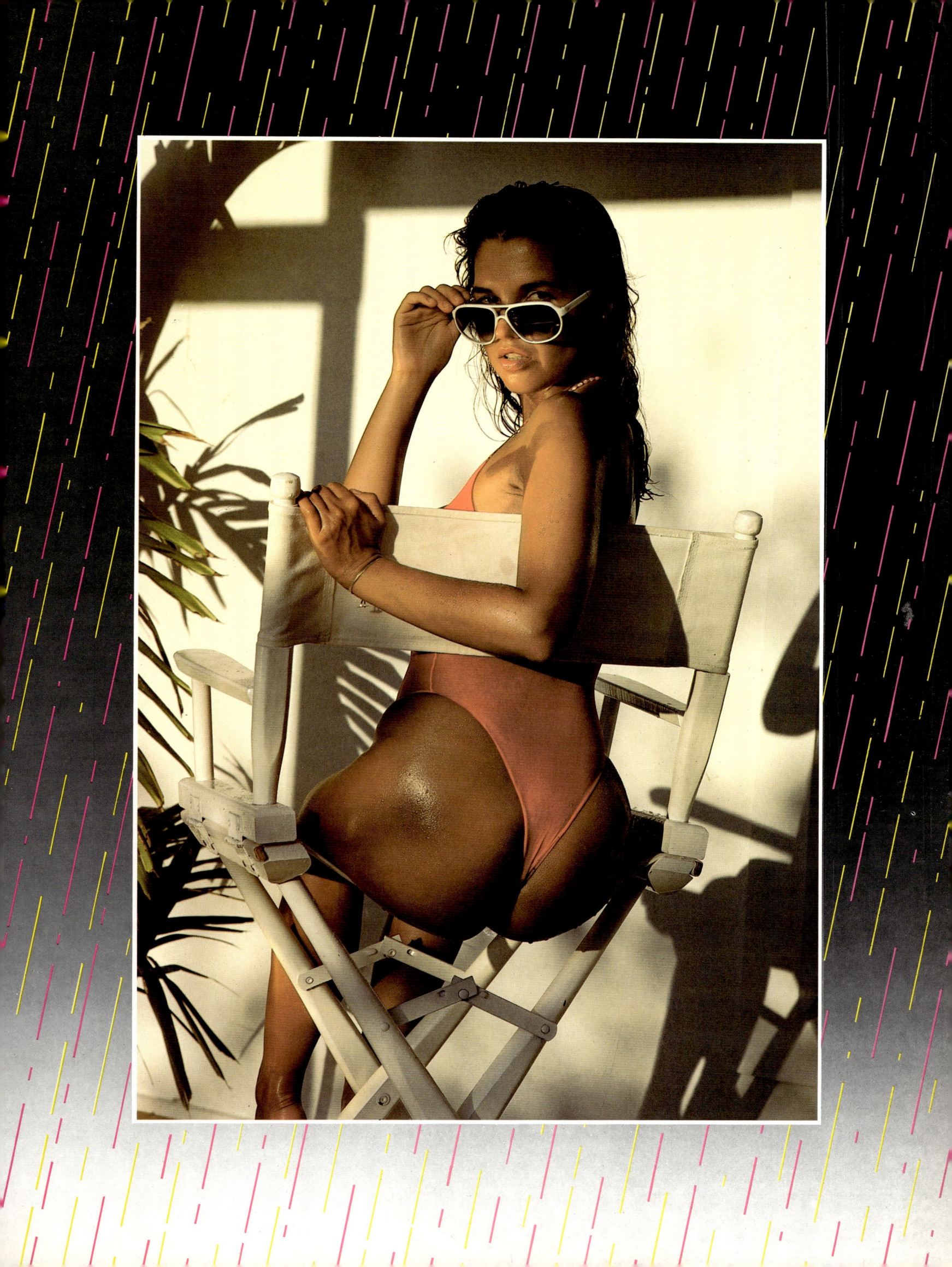

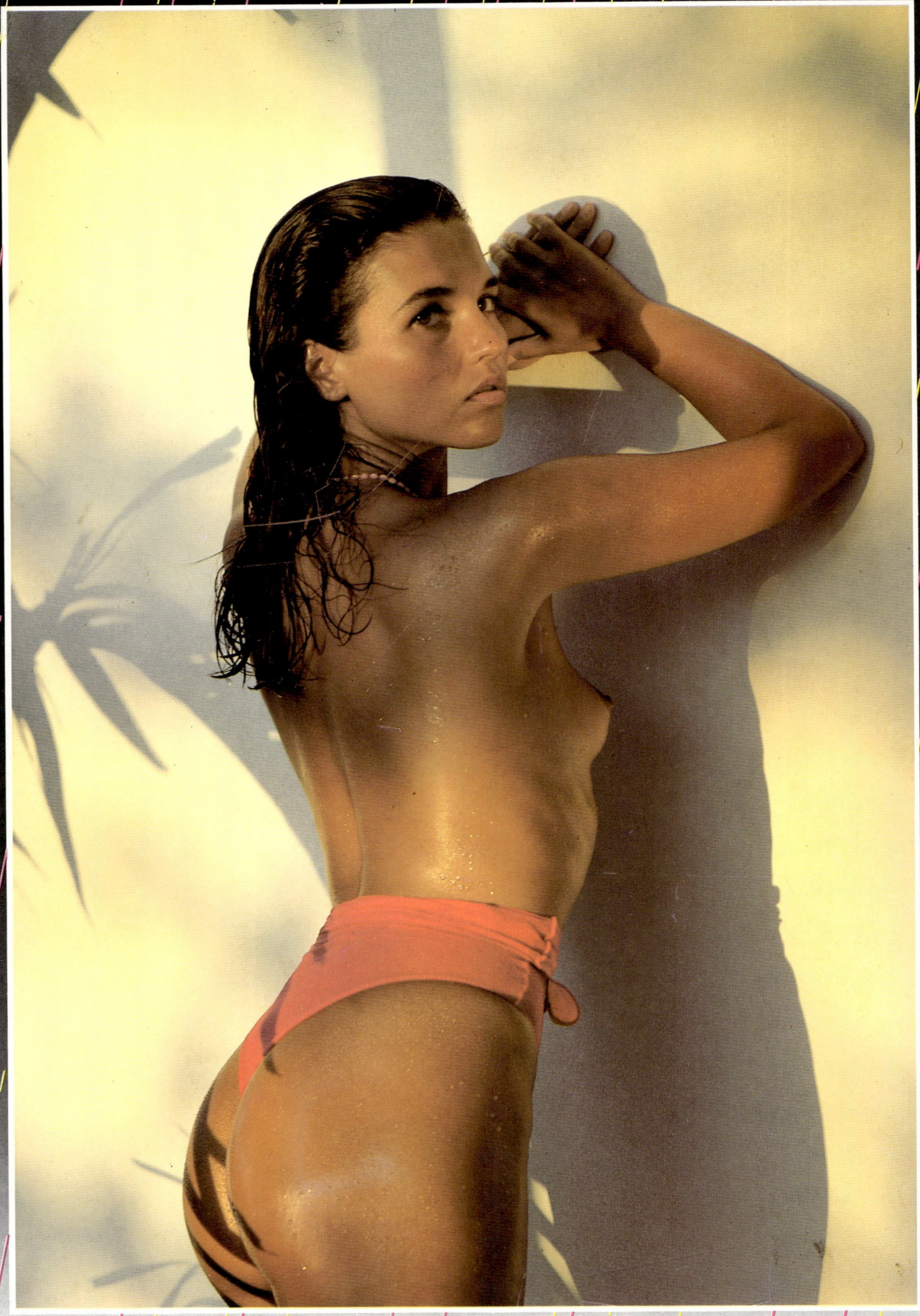

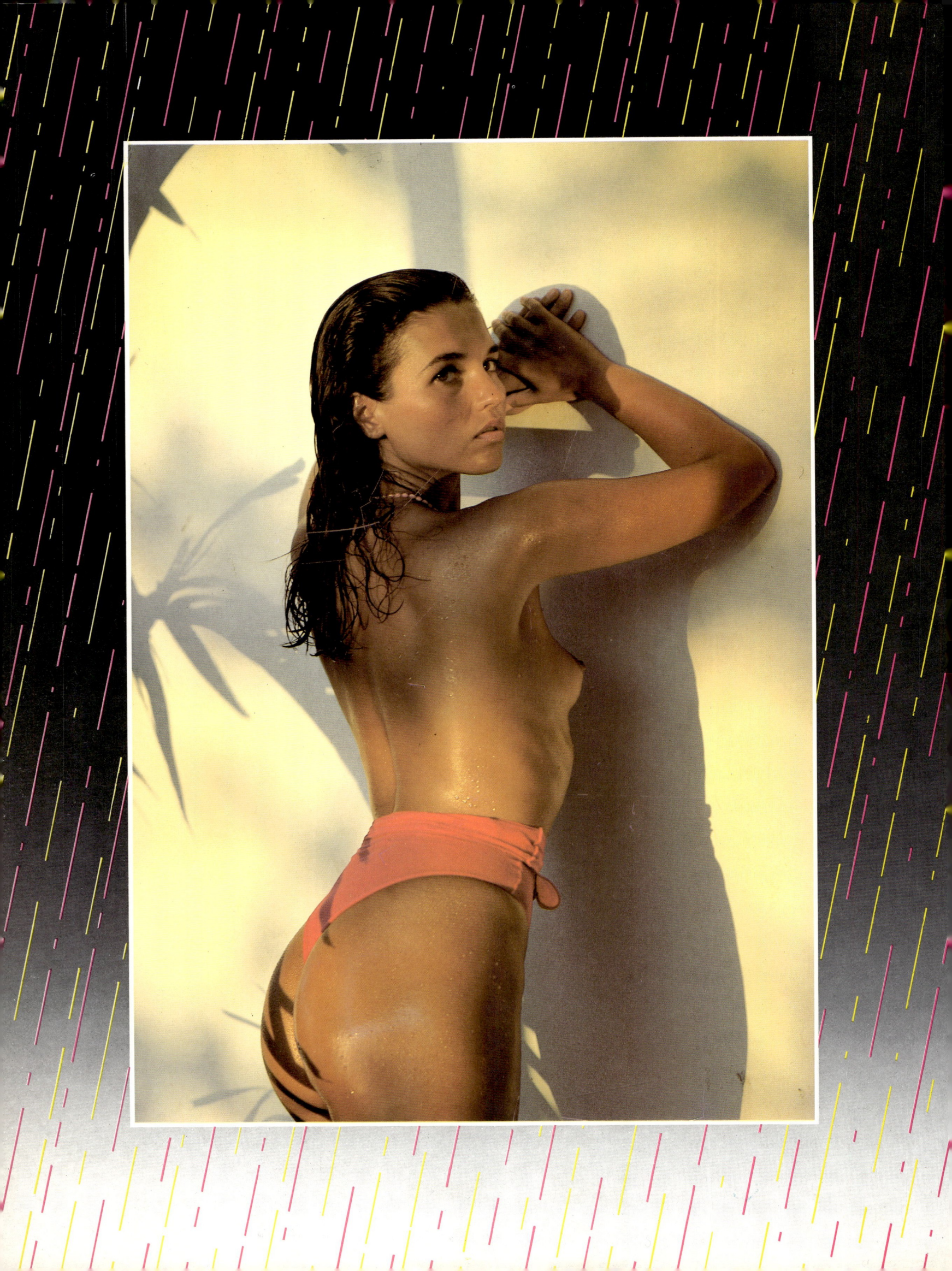

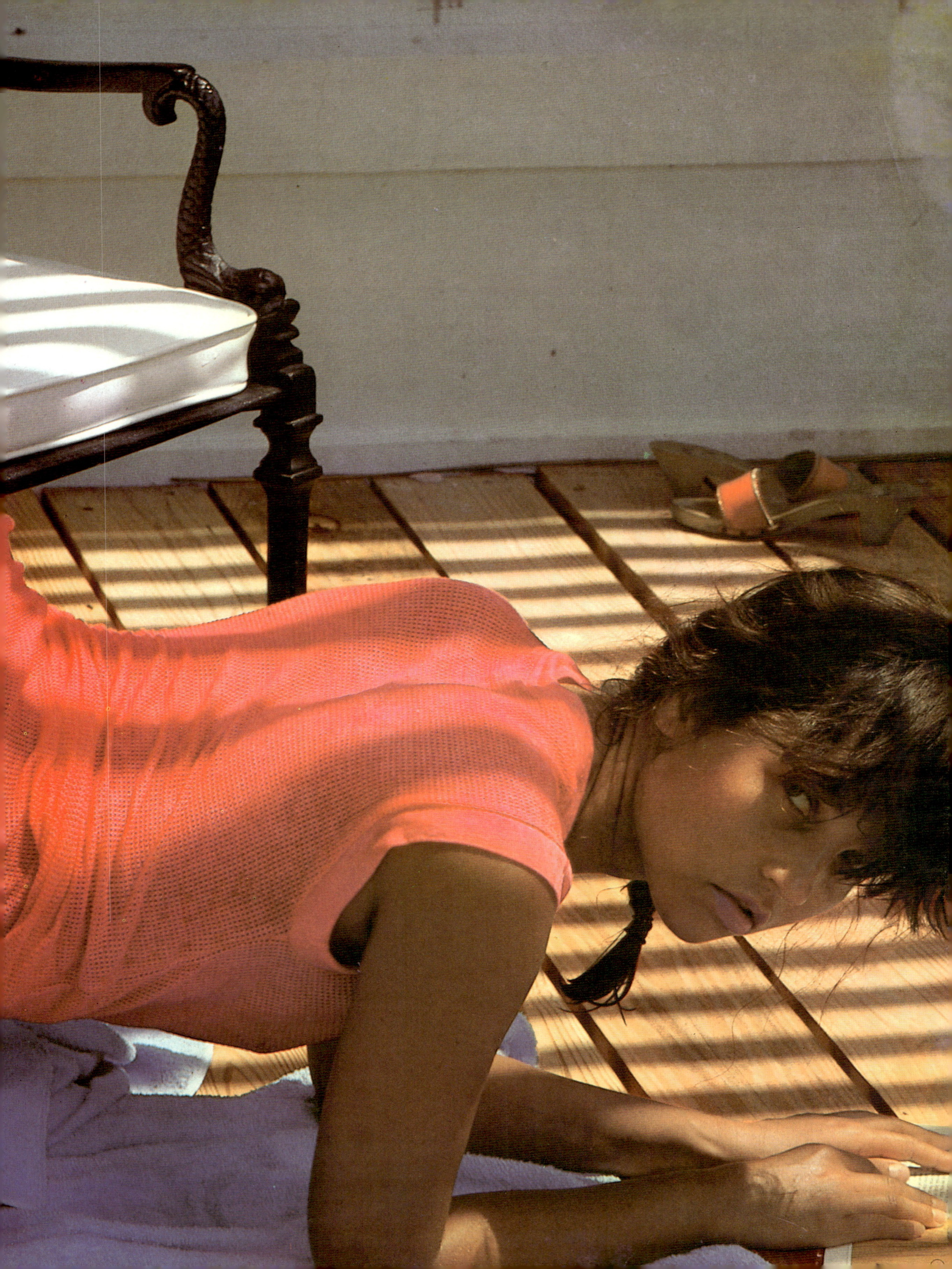

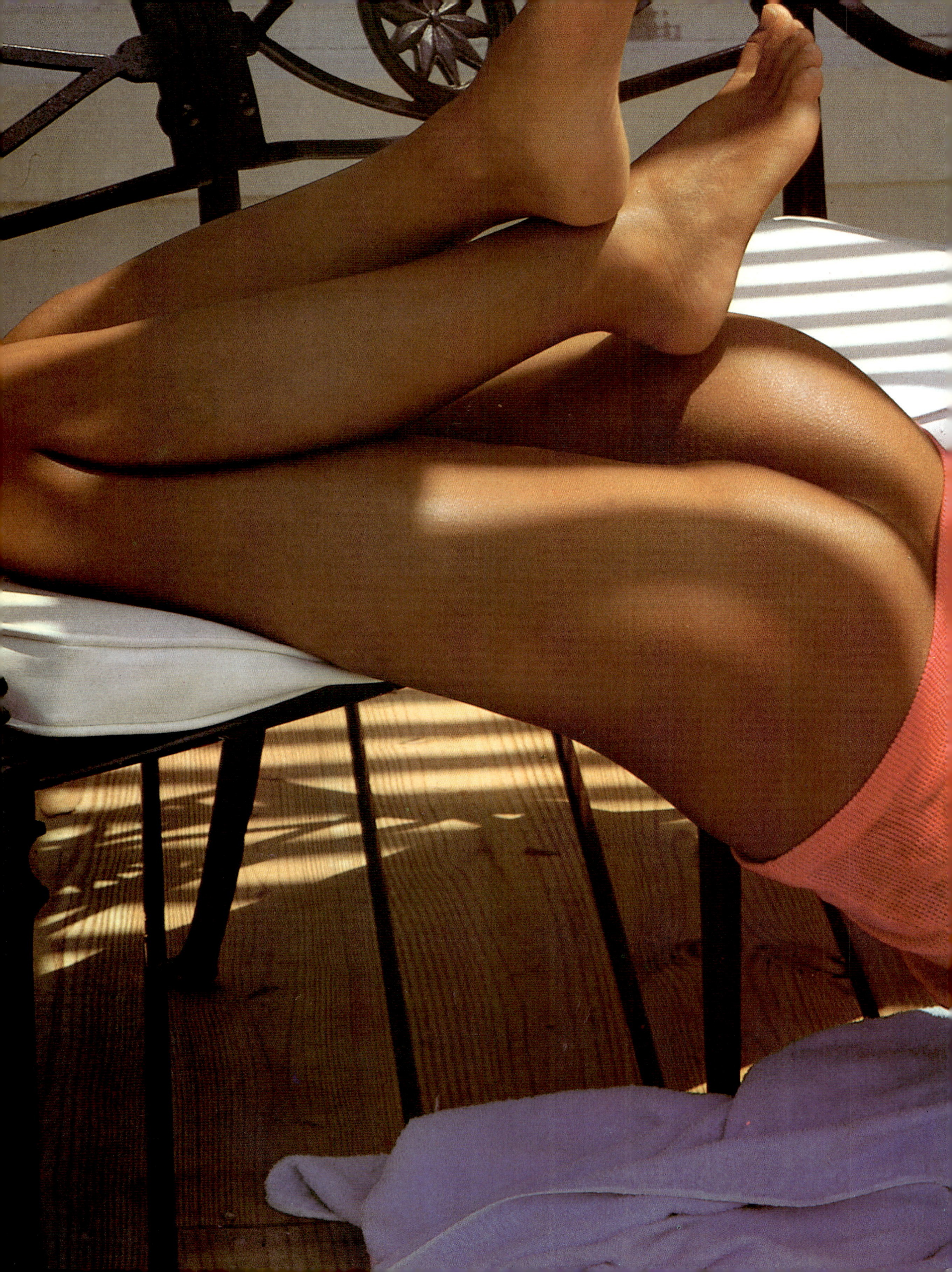

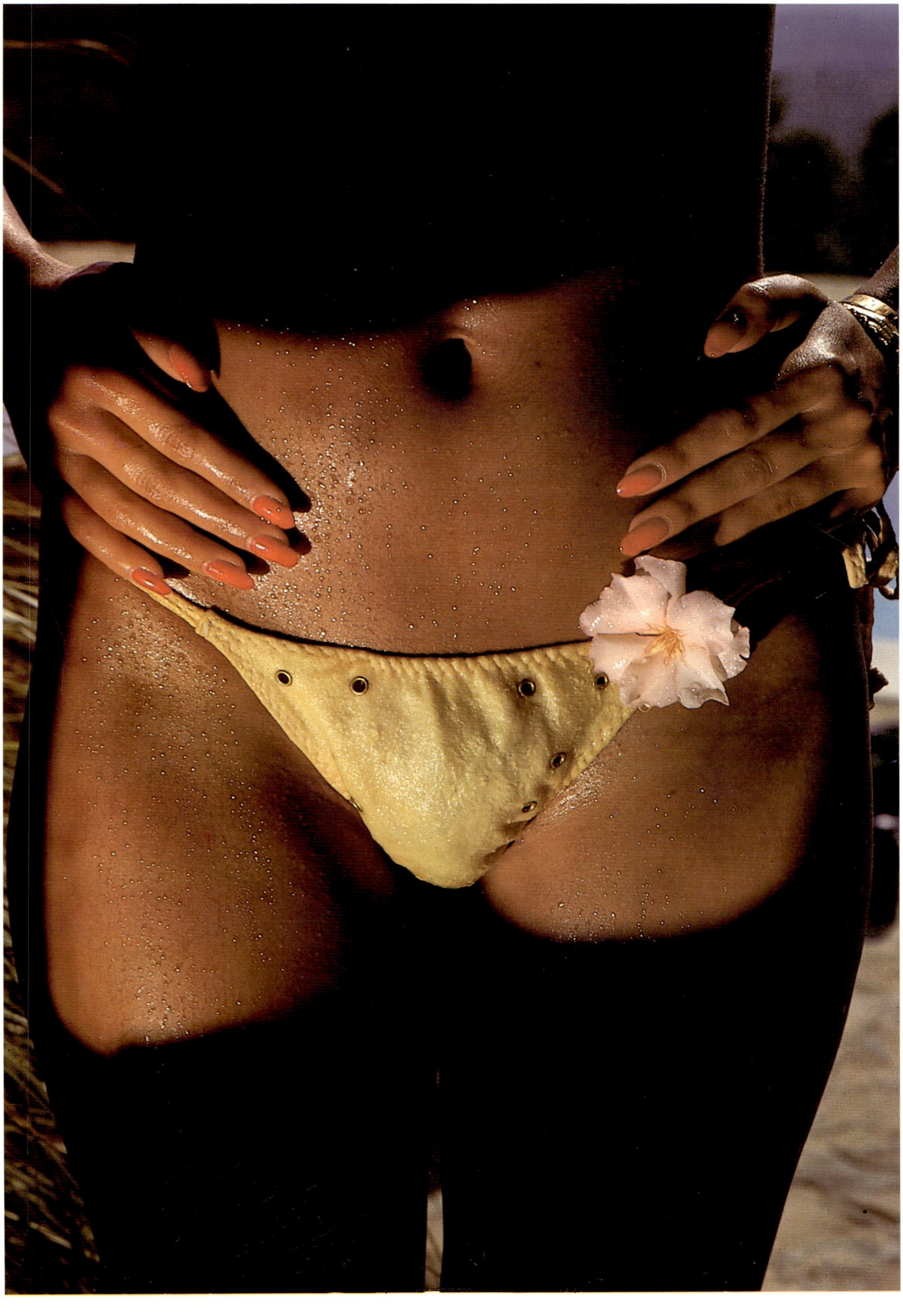

MARTIN KRÜGER

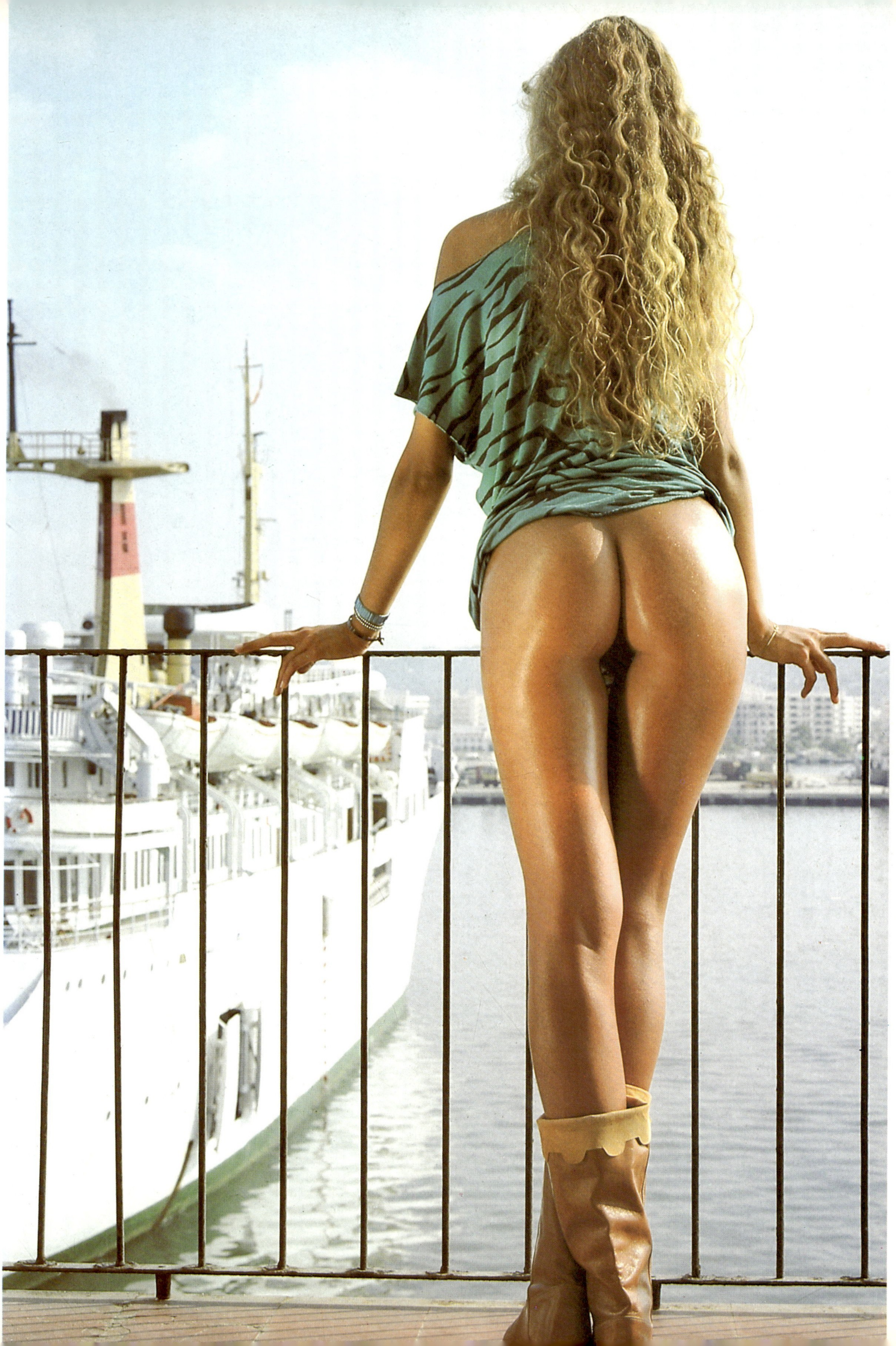

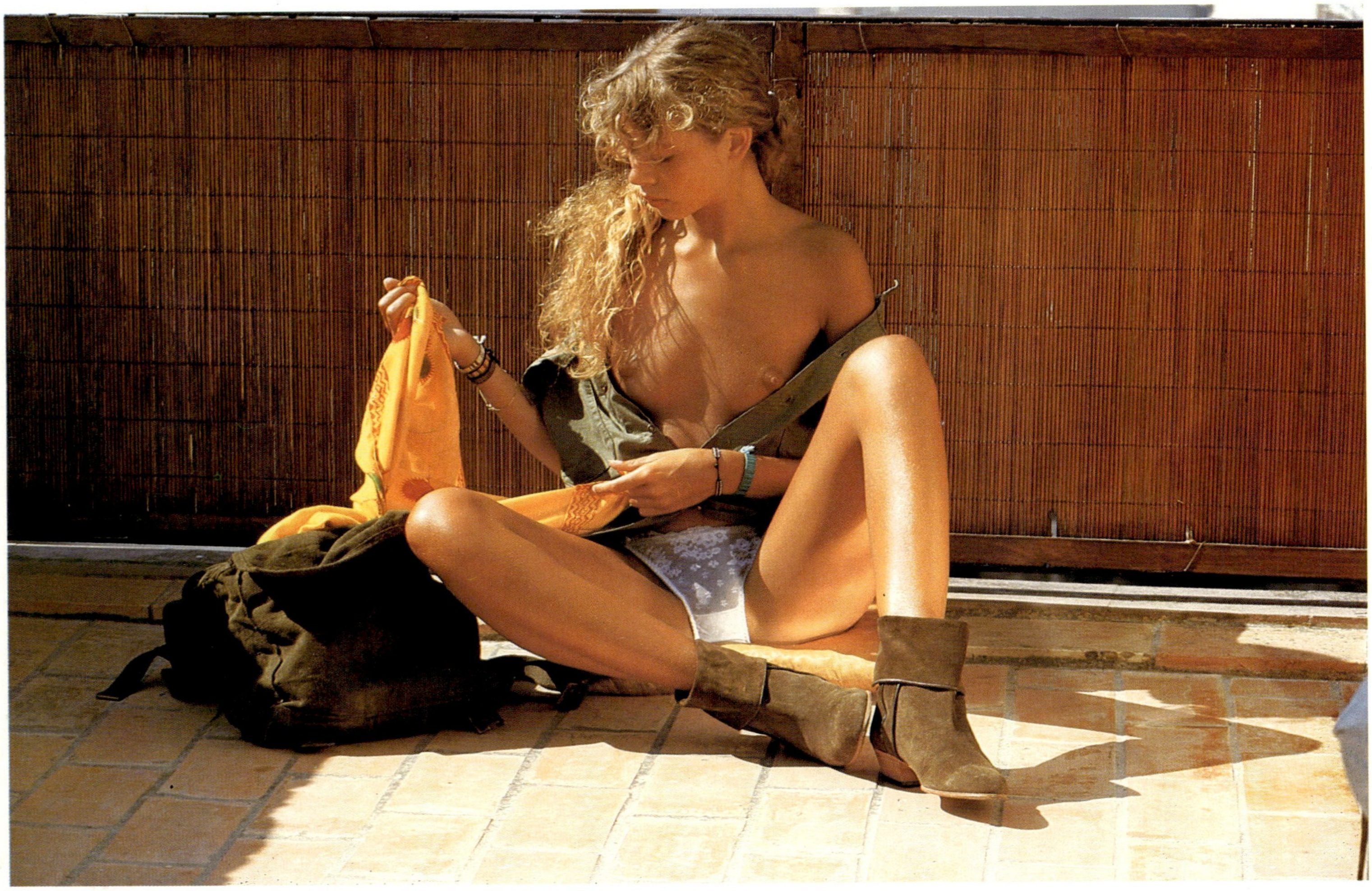

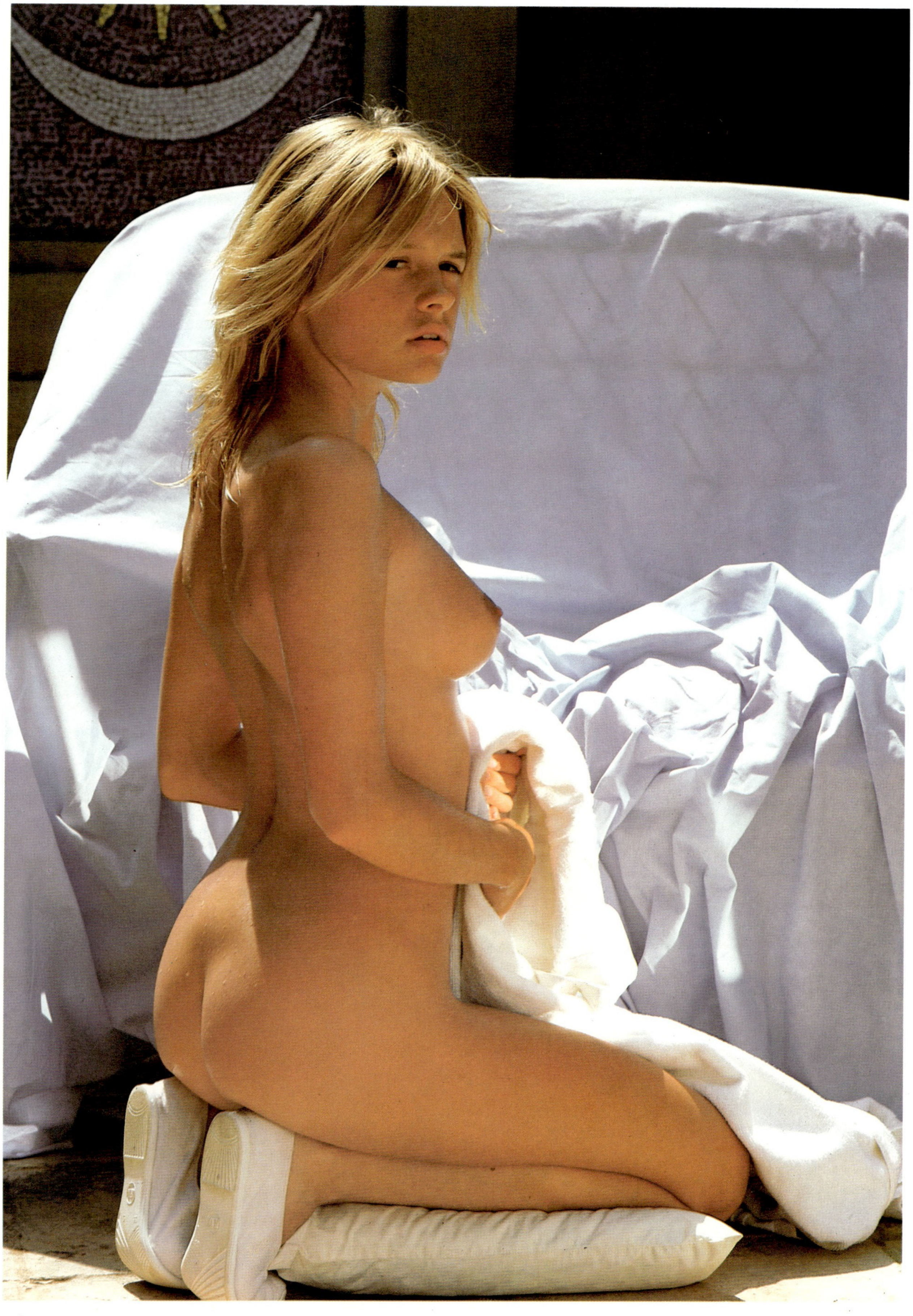

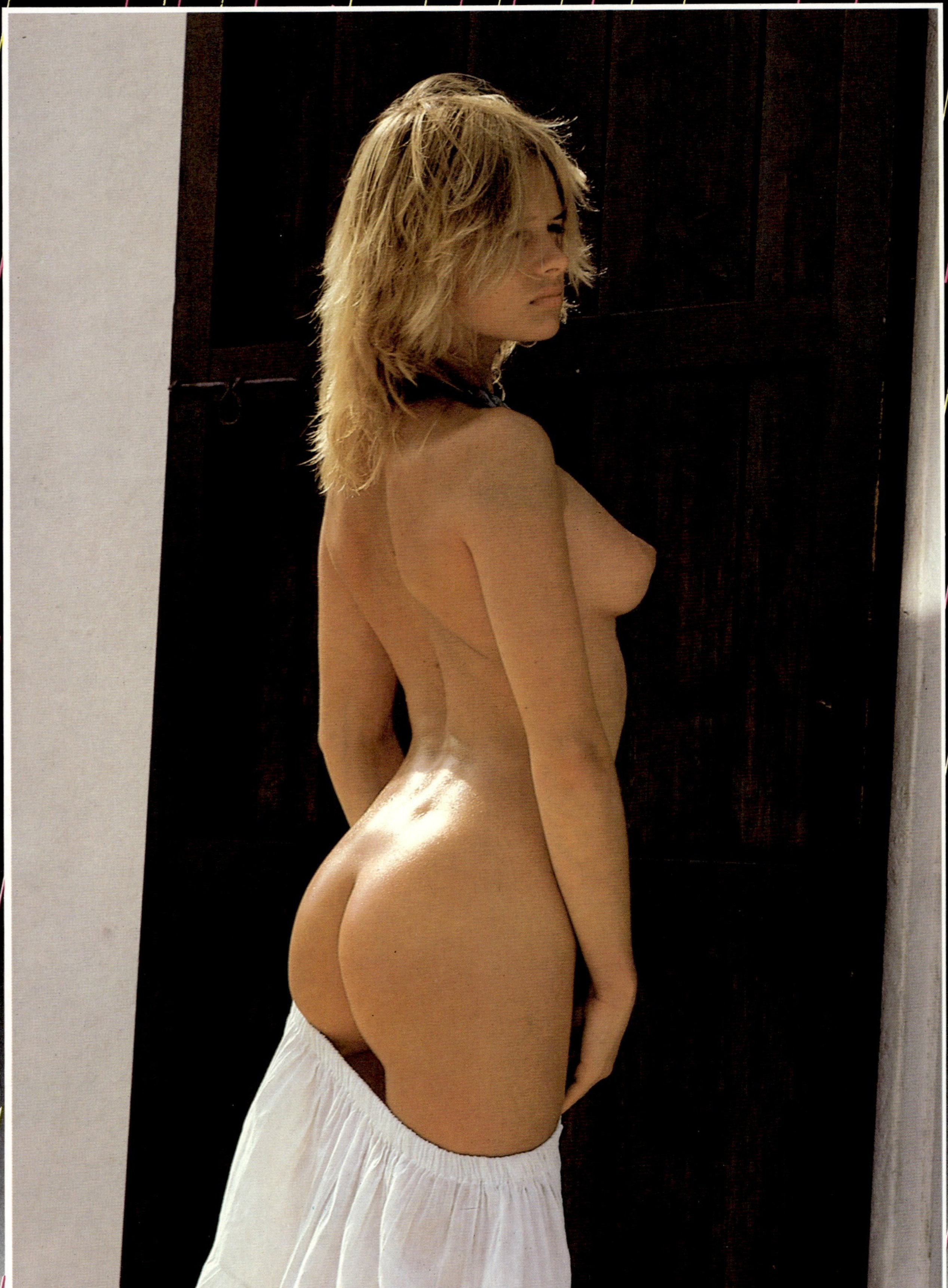

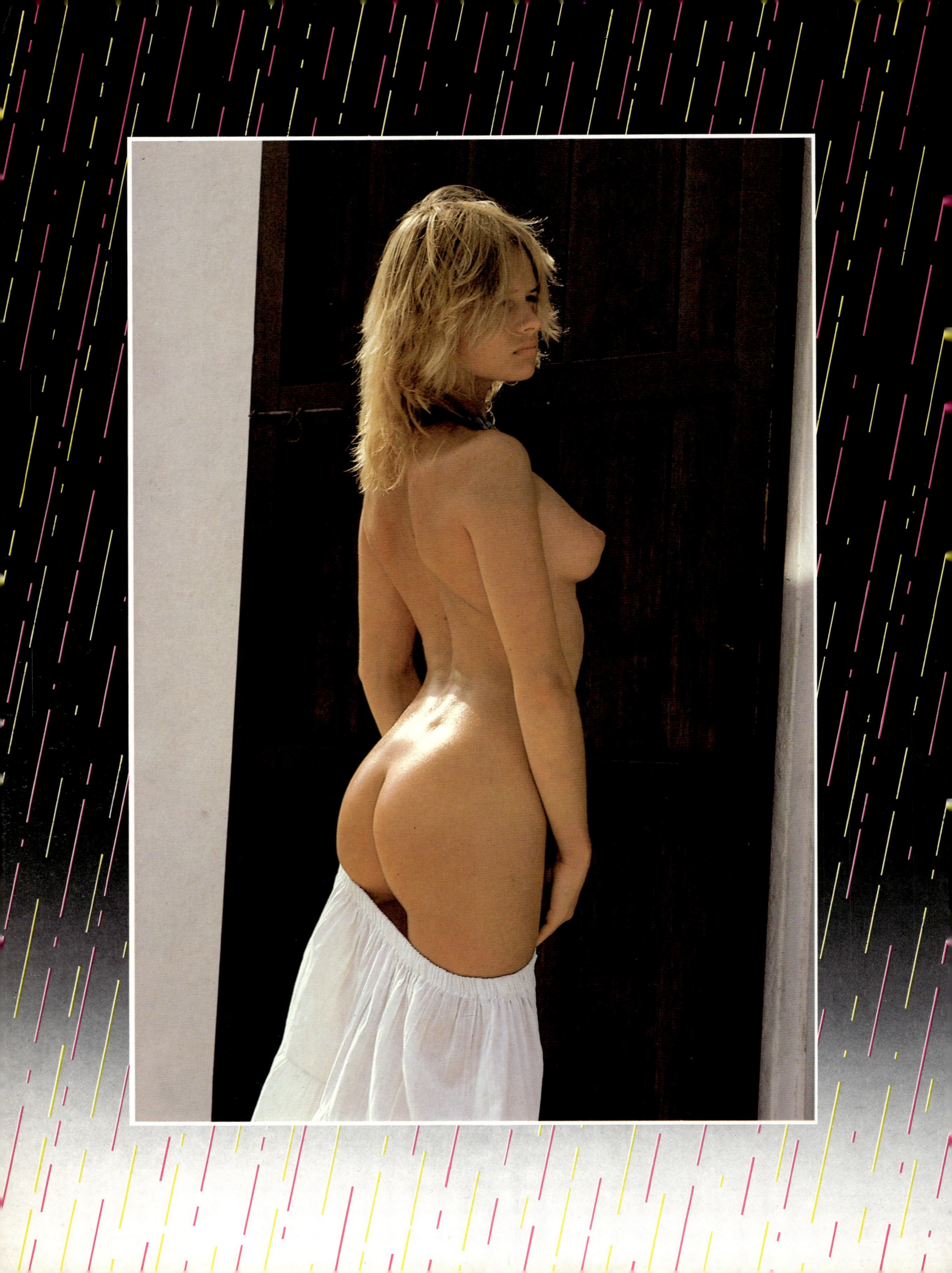

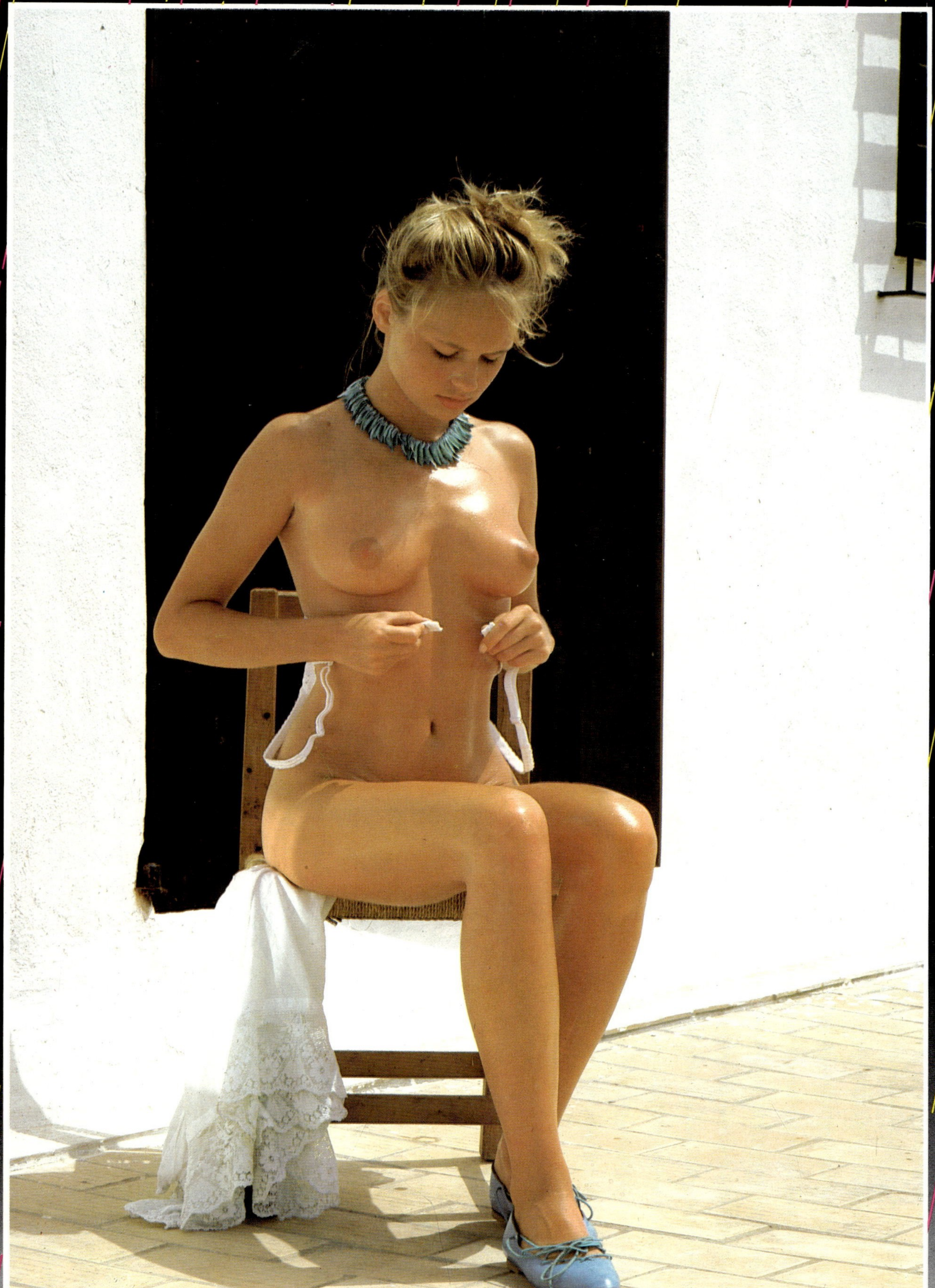

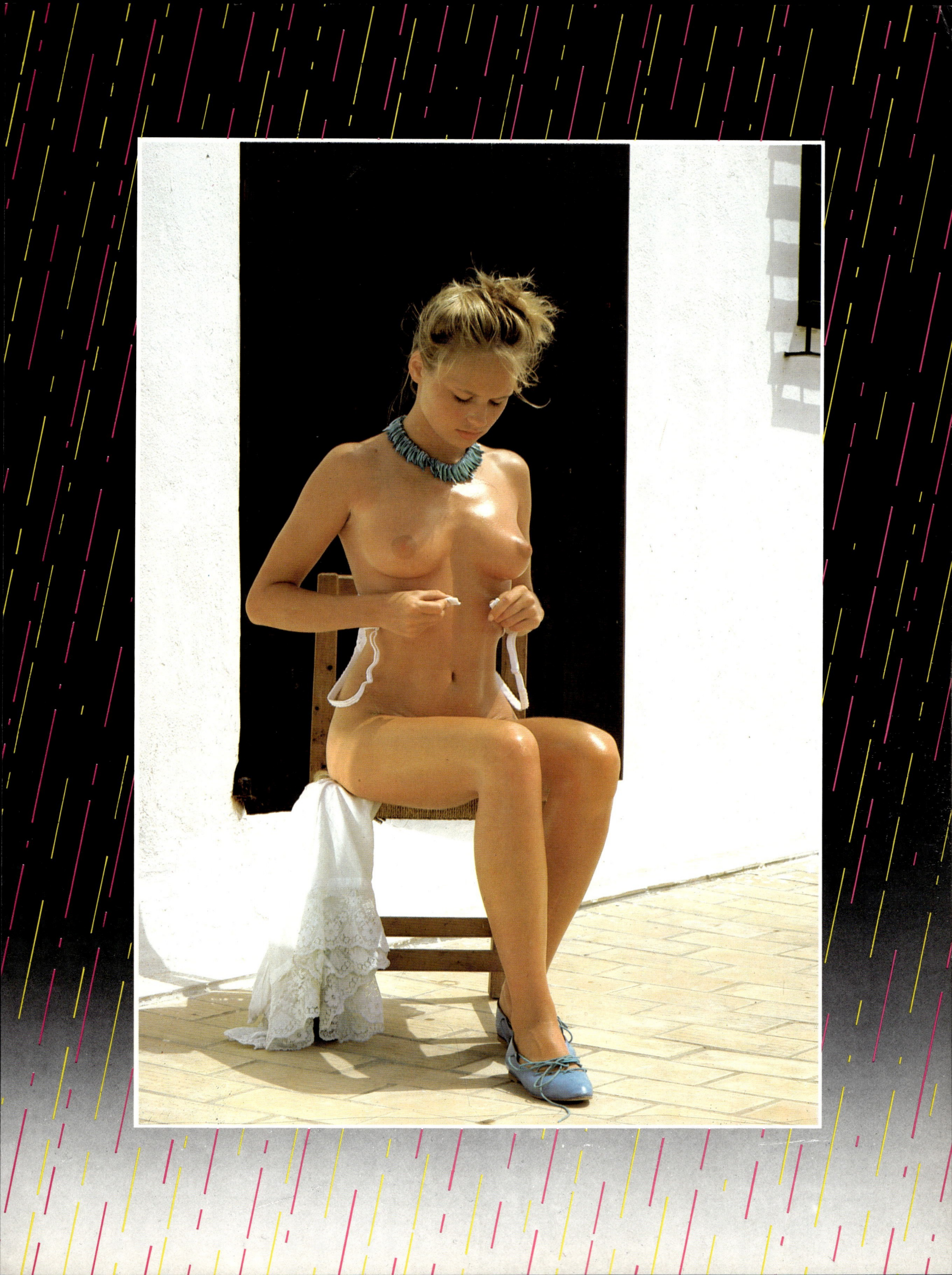

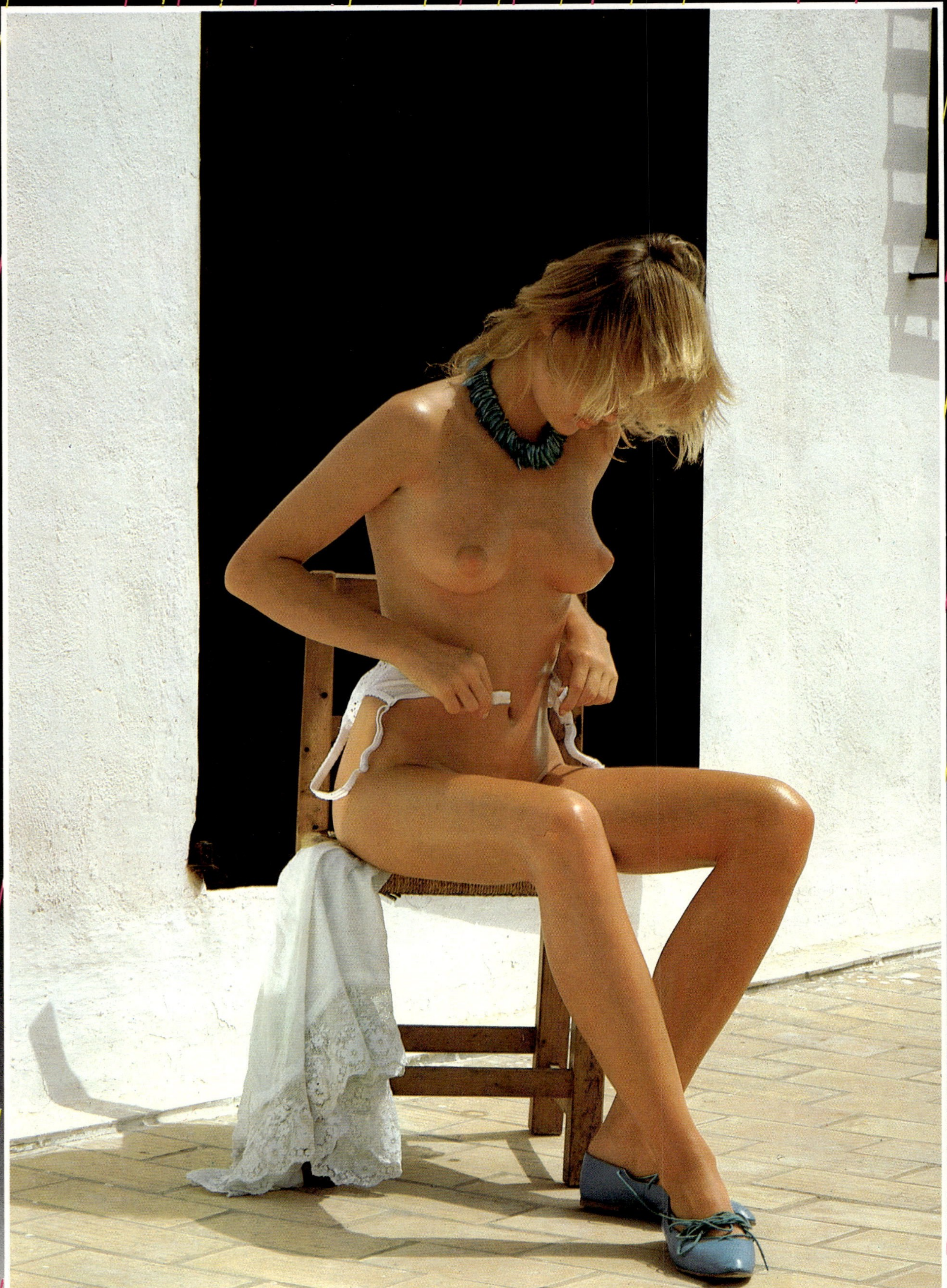

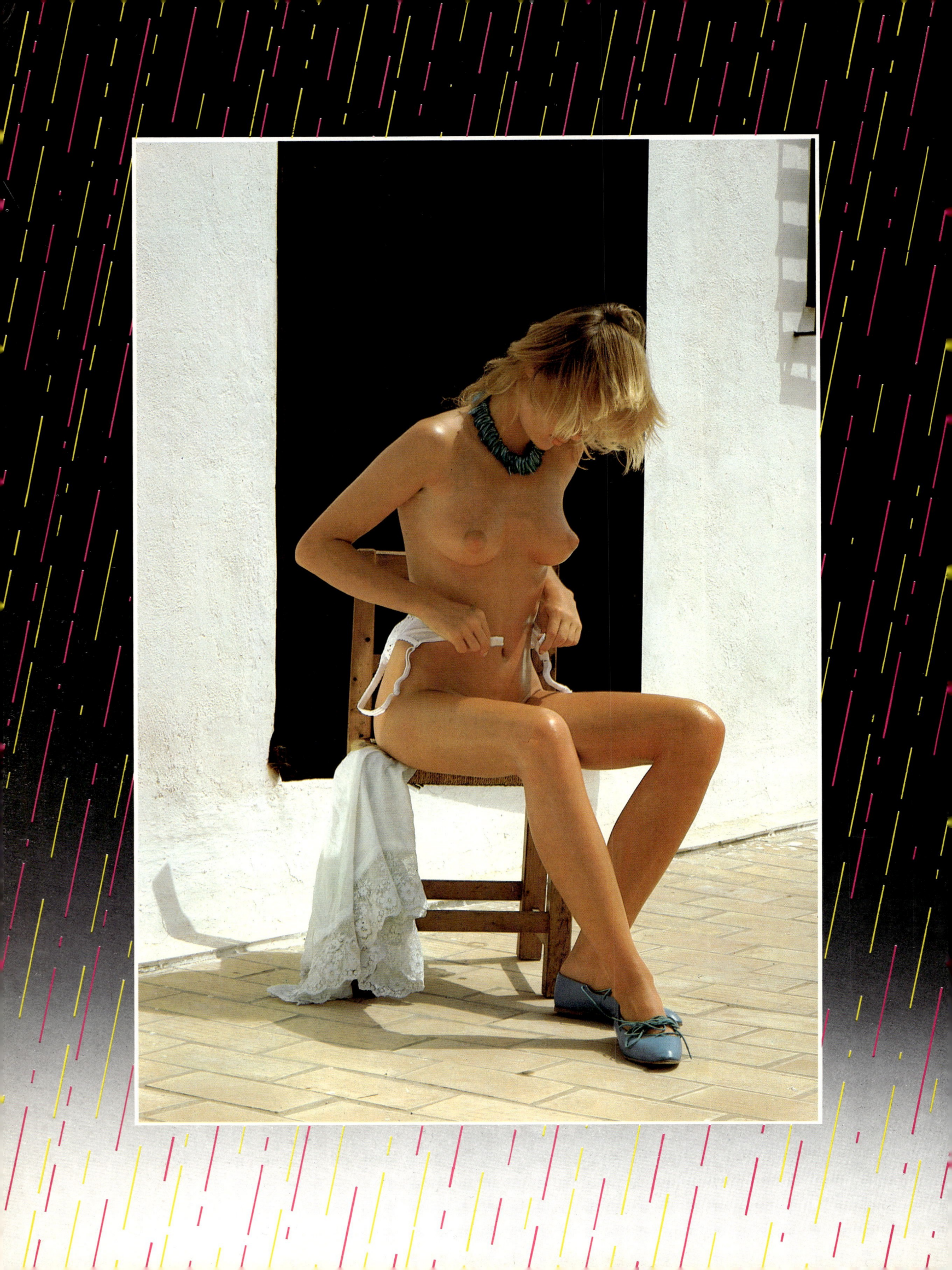

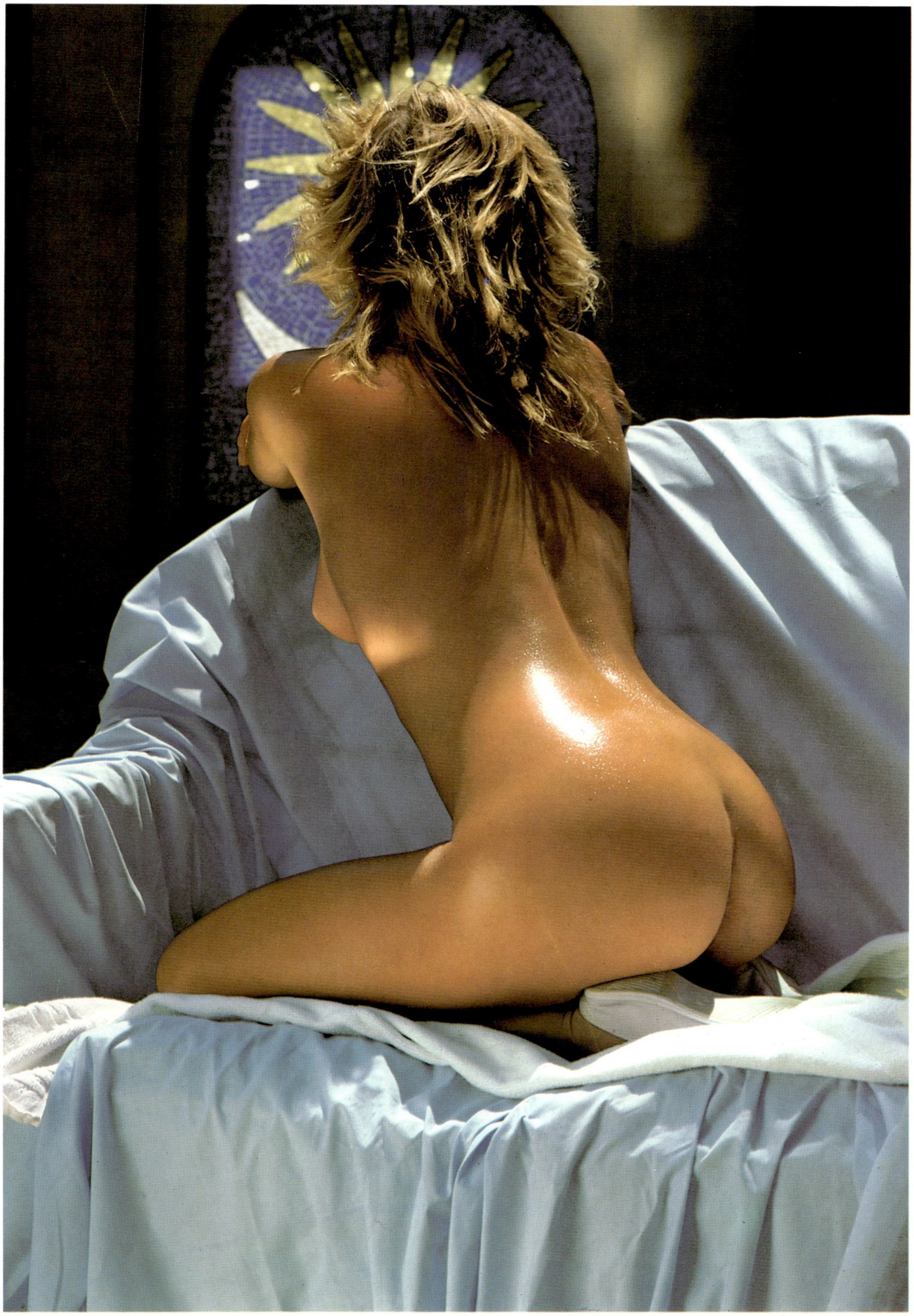

BURT BUNGER

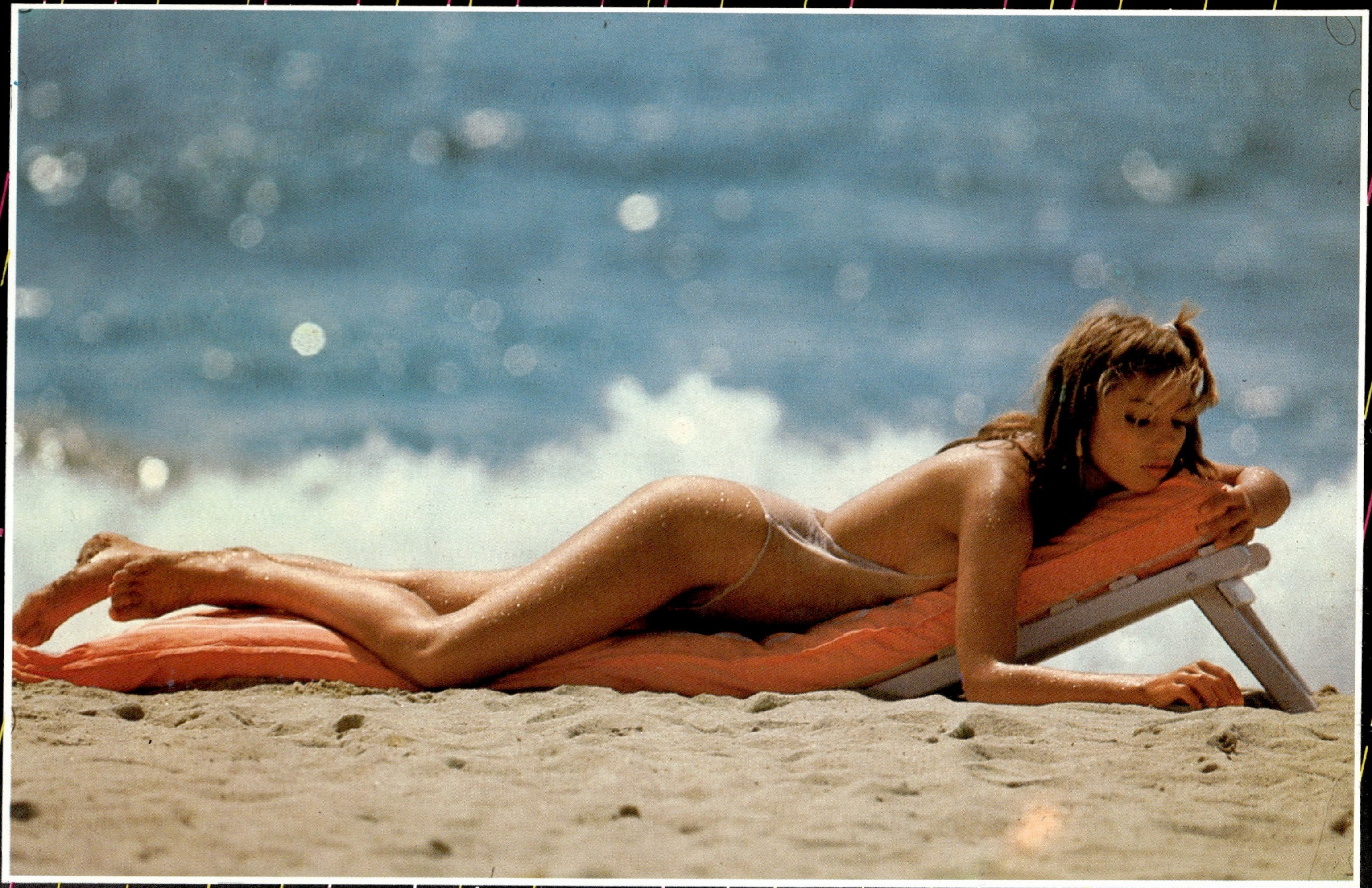

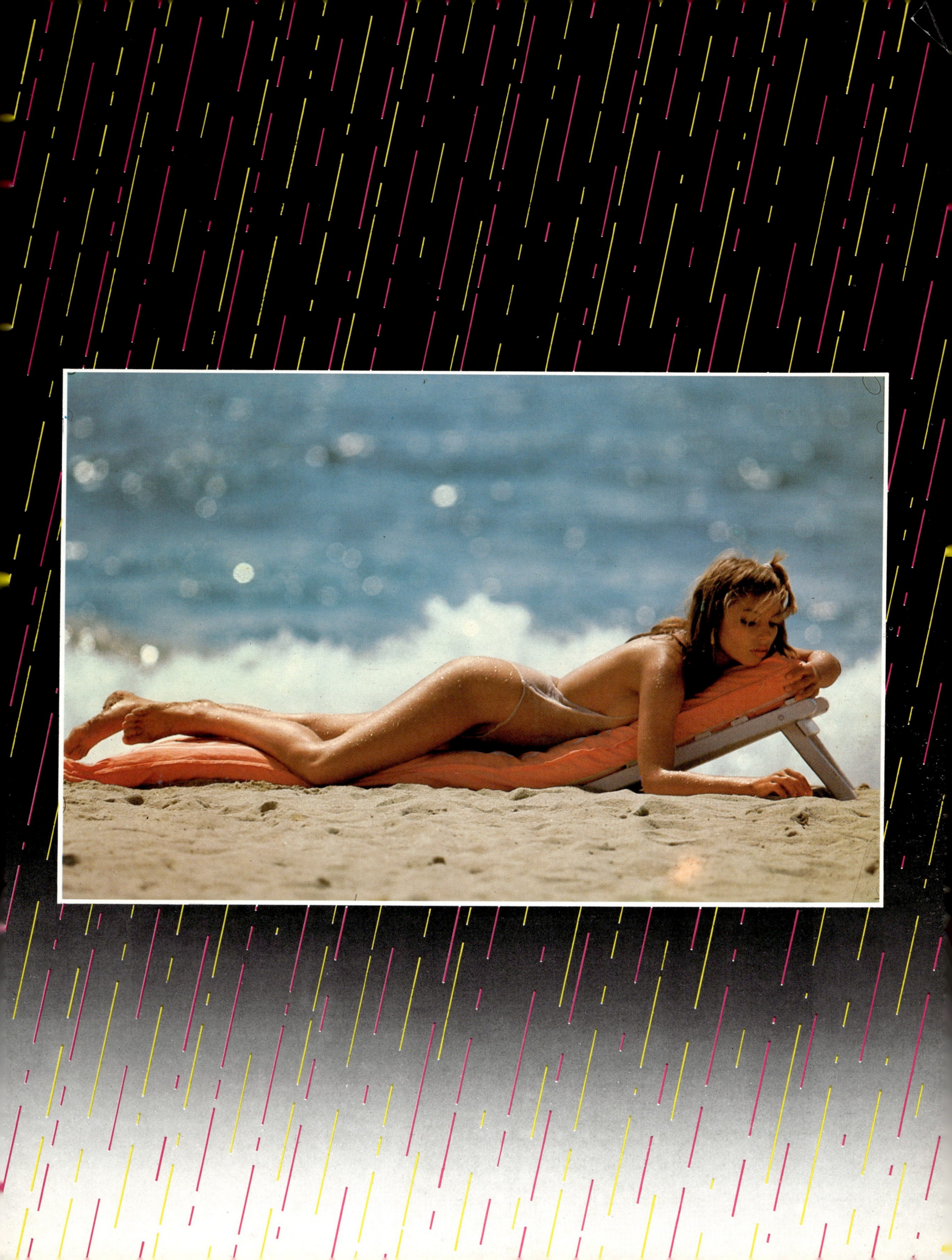

WENER BOKELBERG

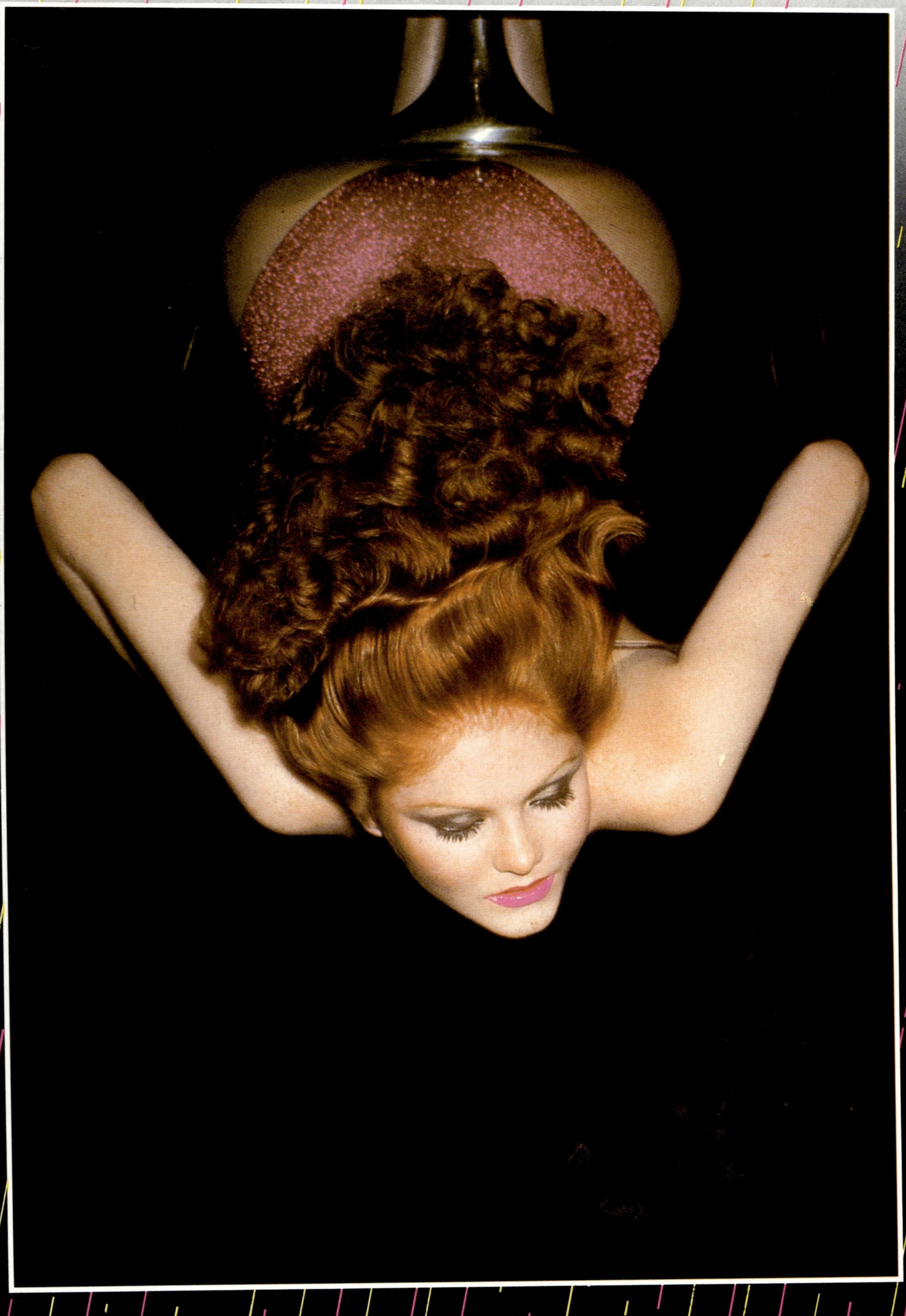

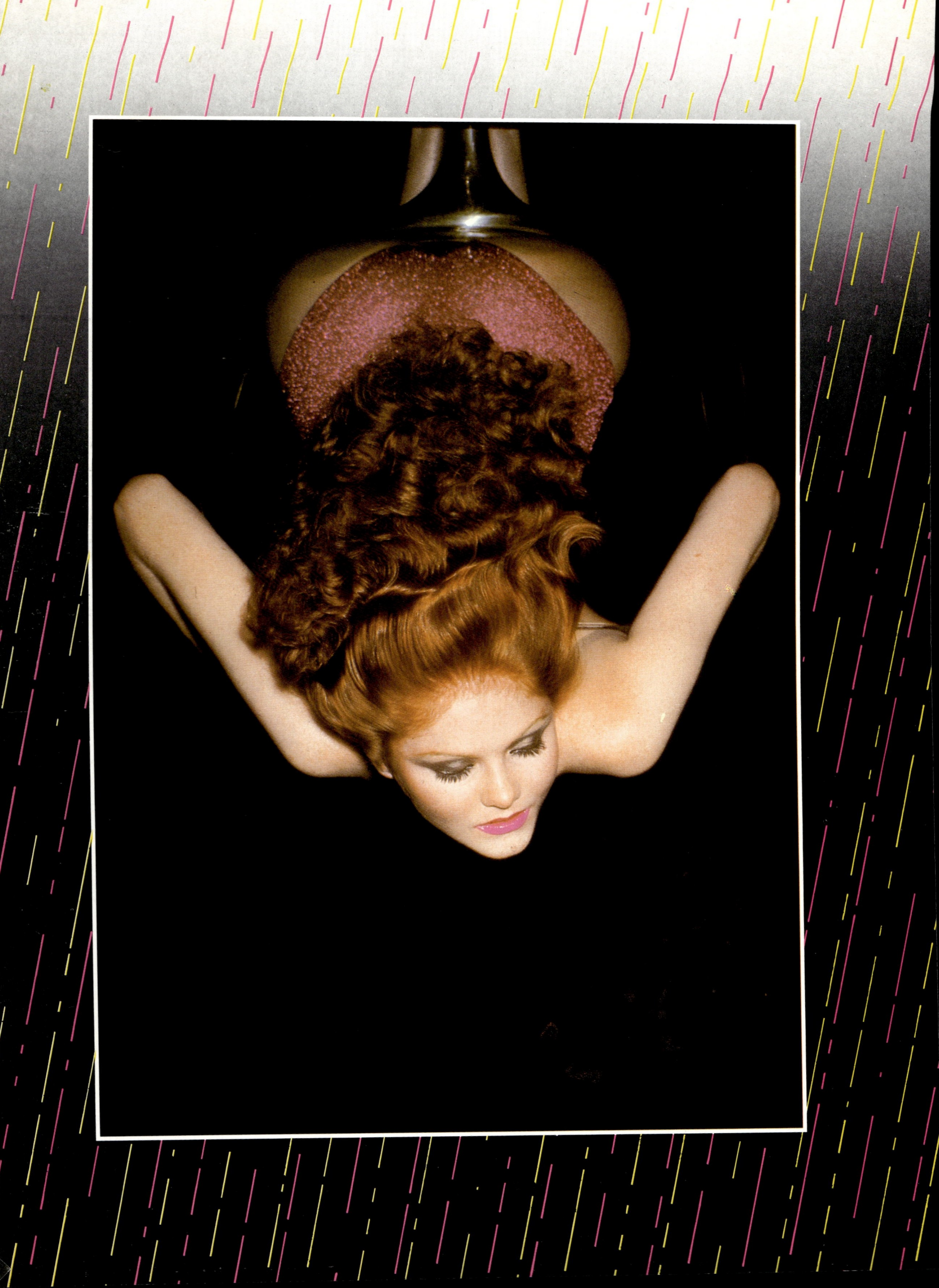

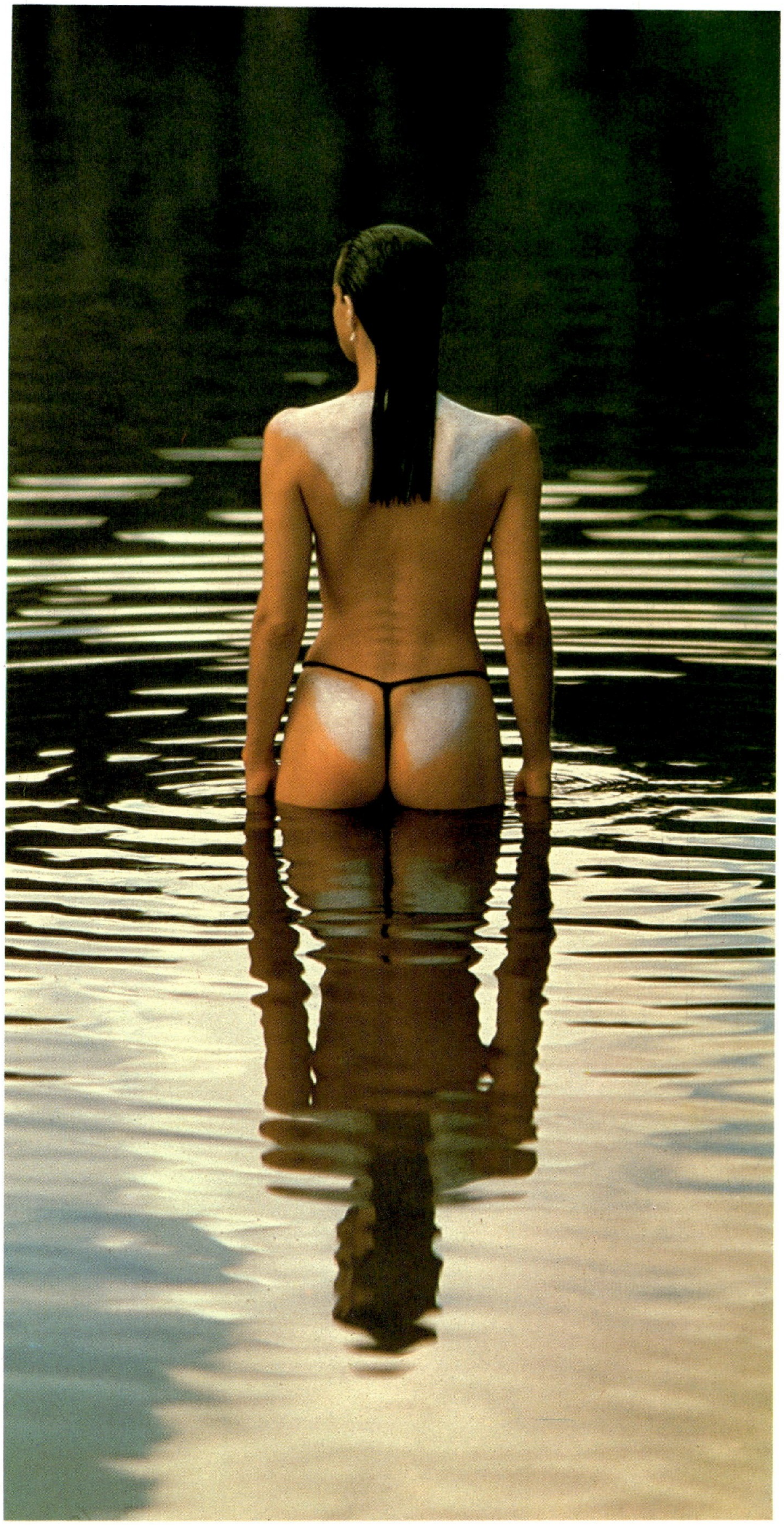

HANS FEURER

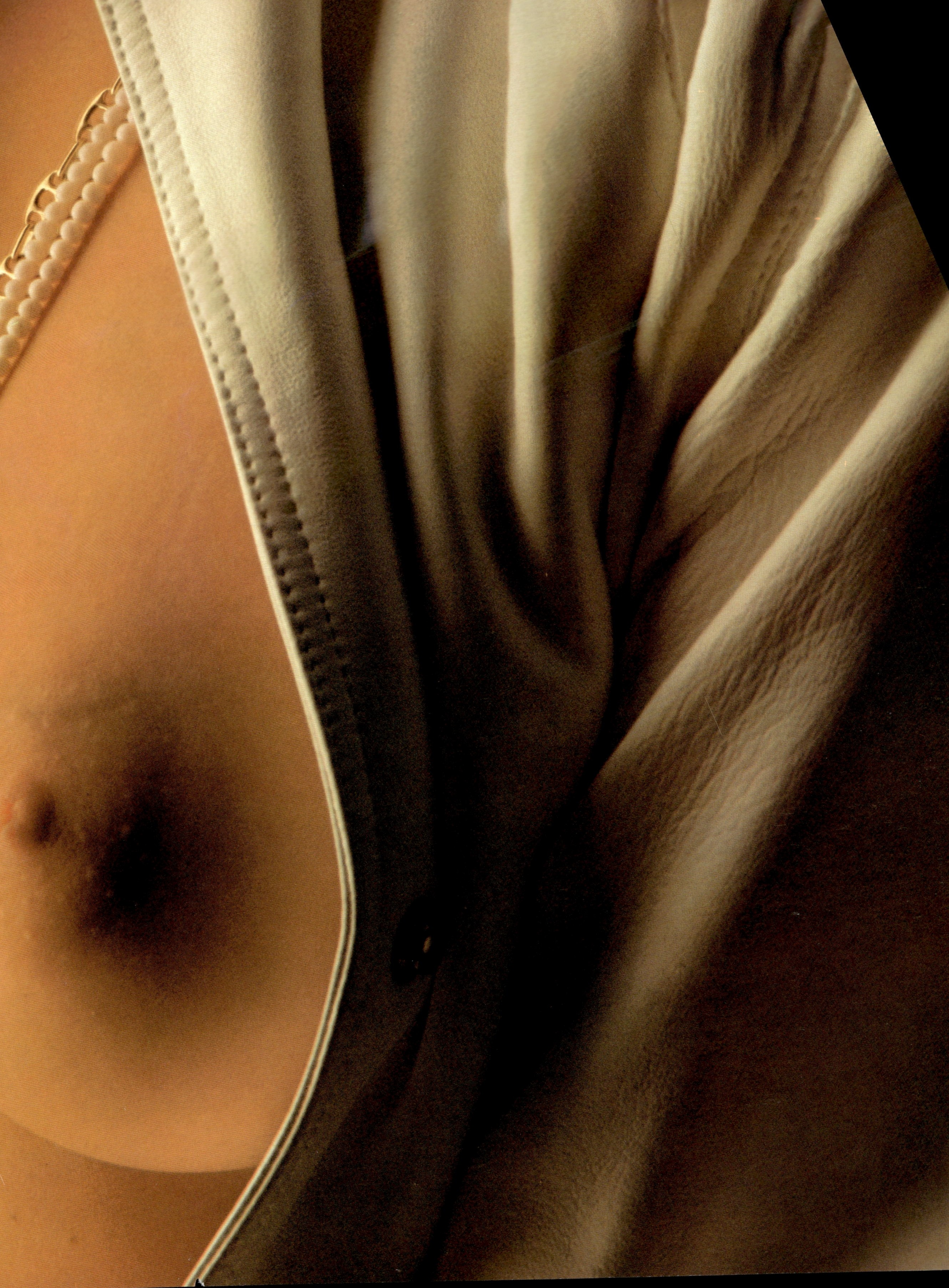

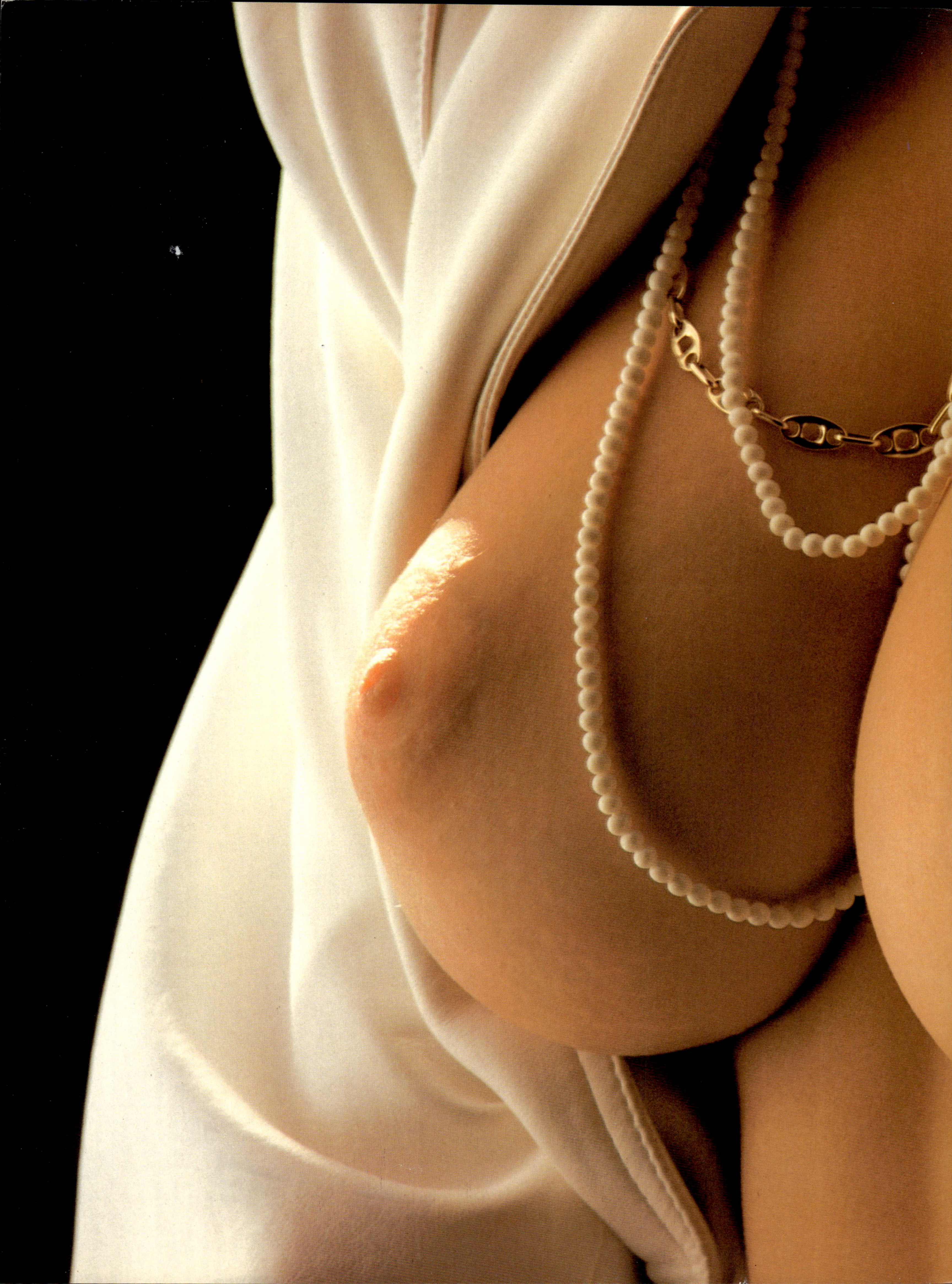

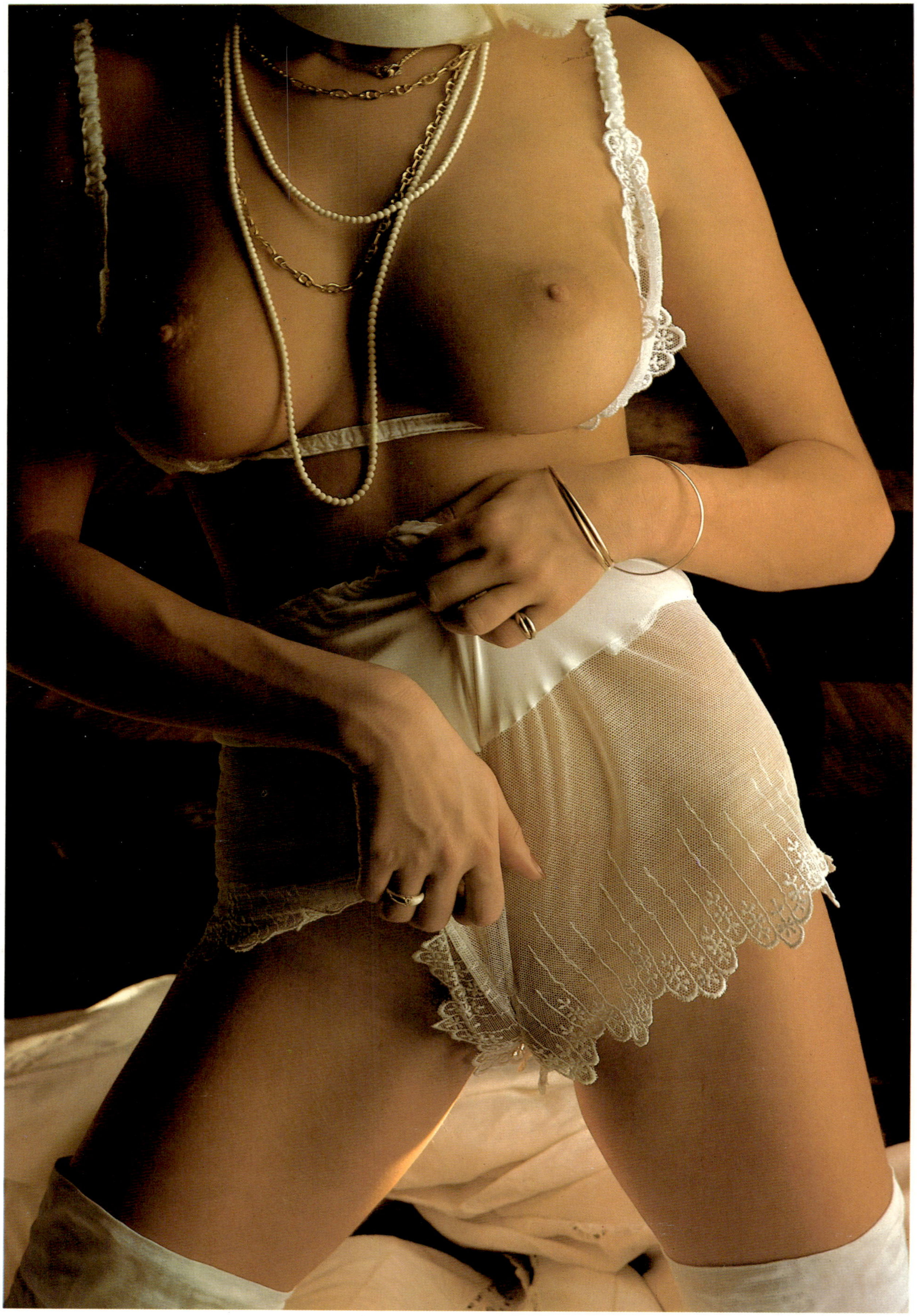

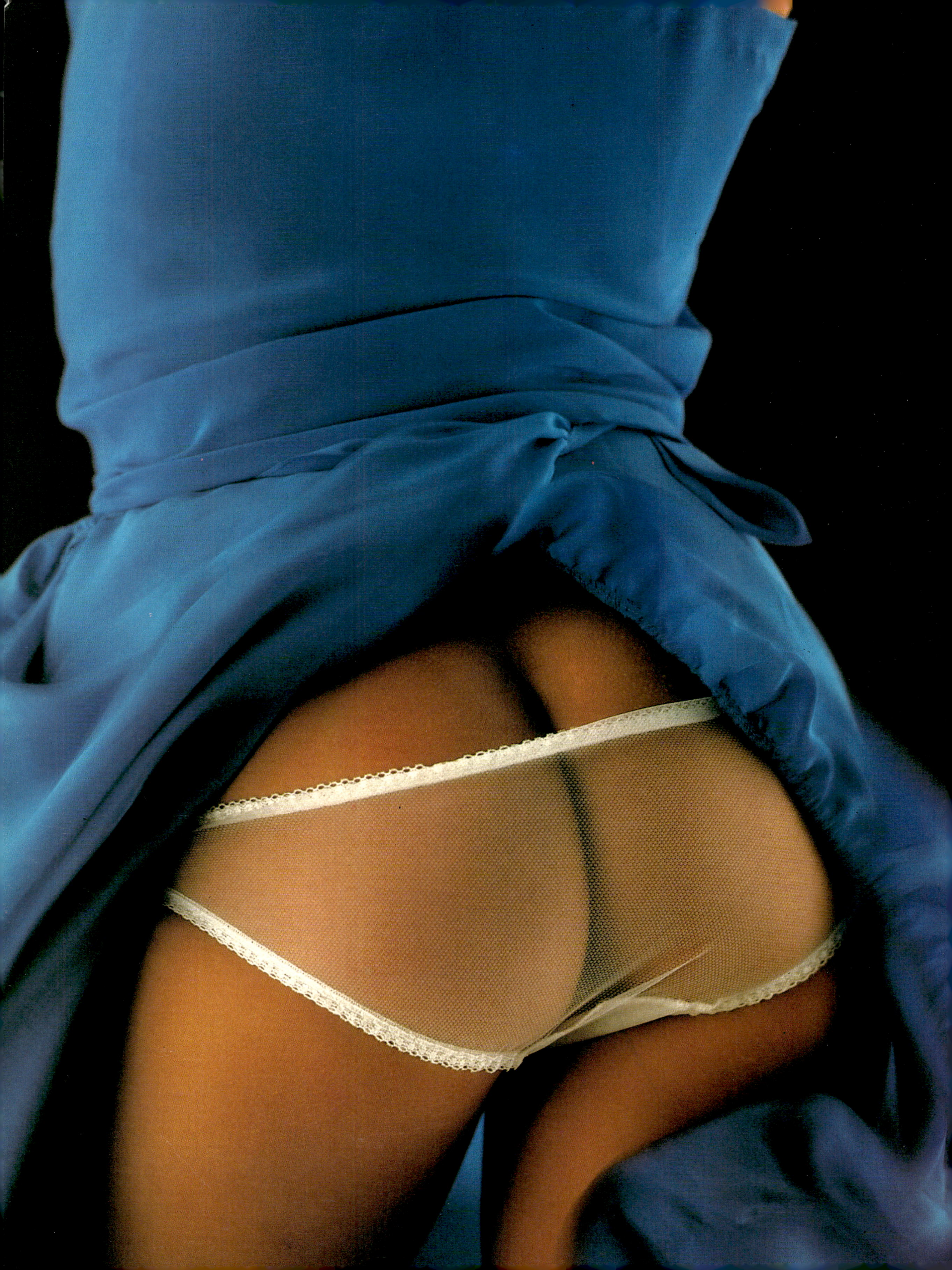

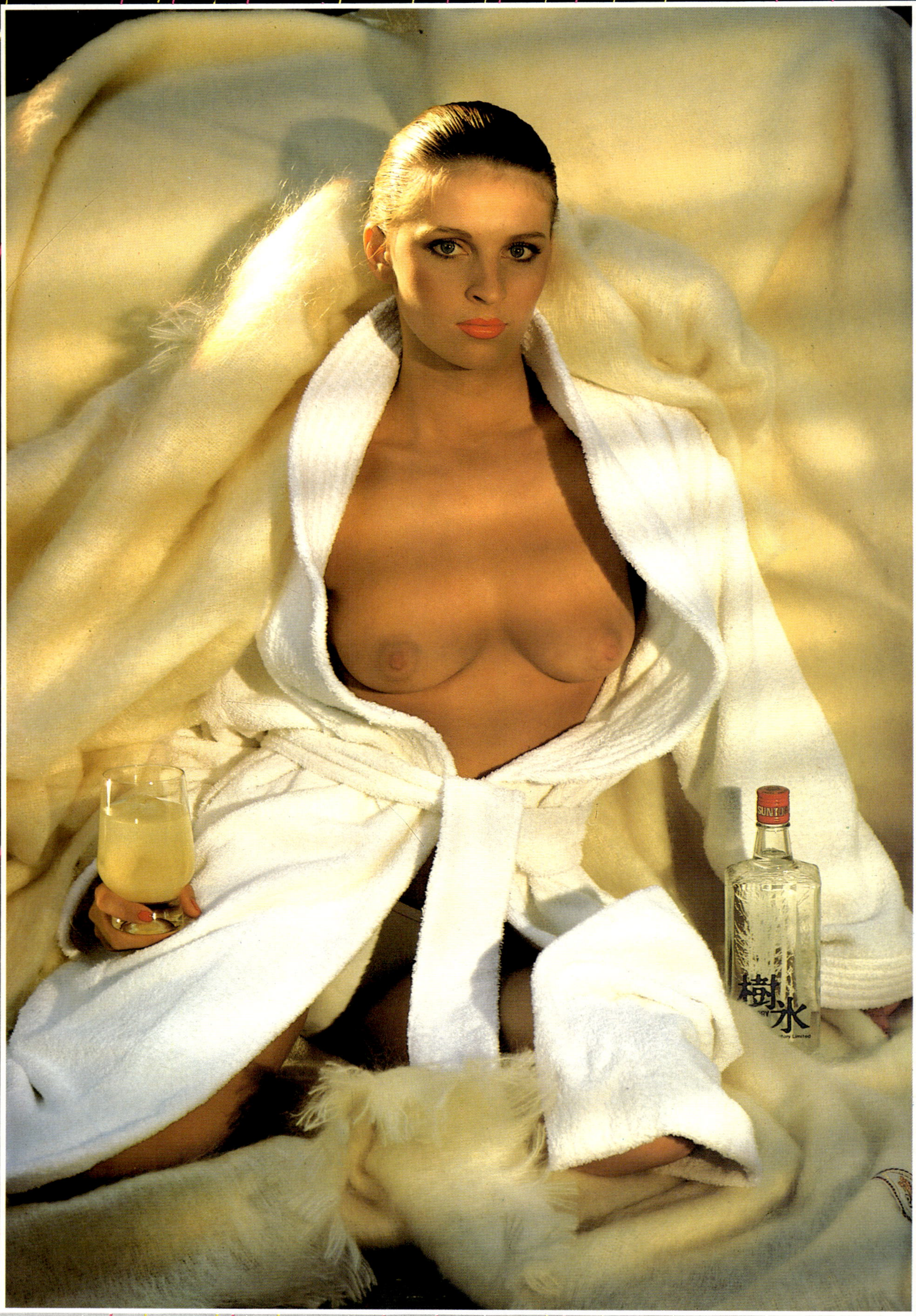
樹氷

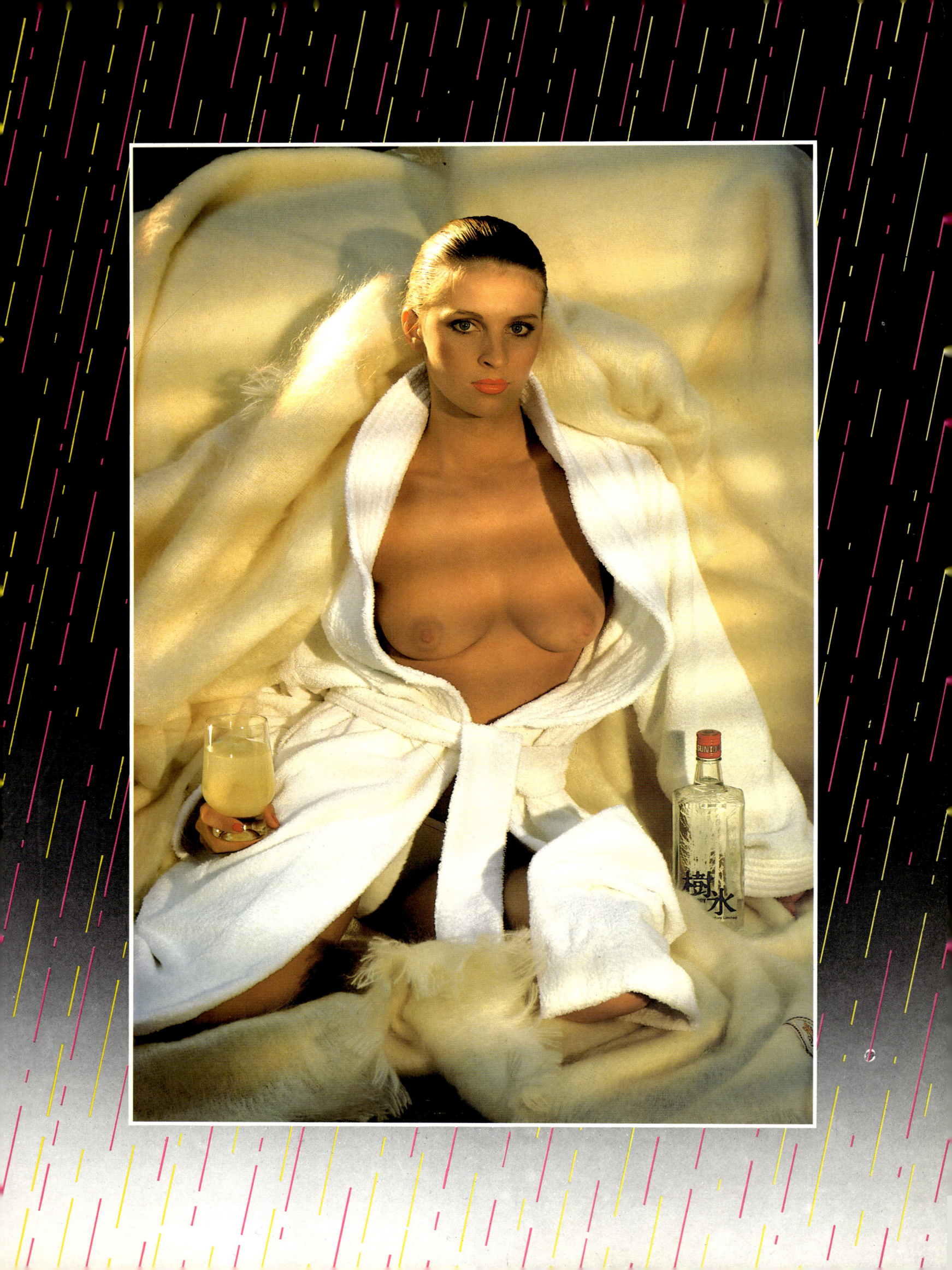

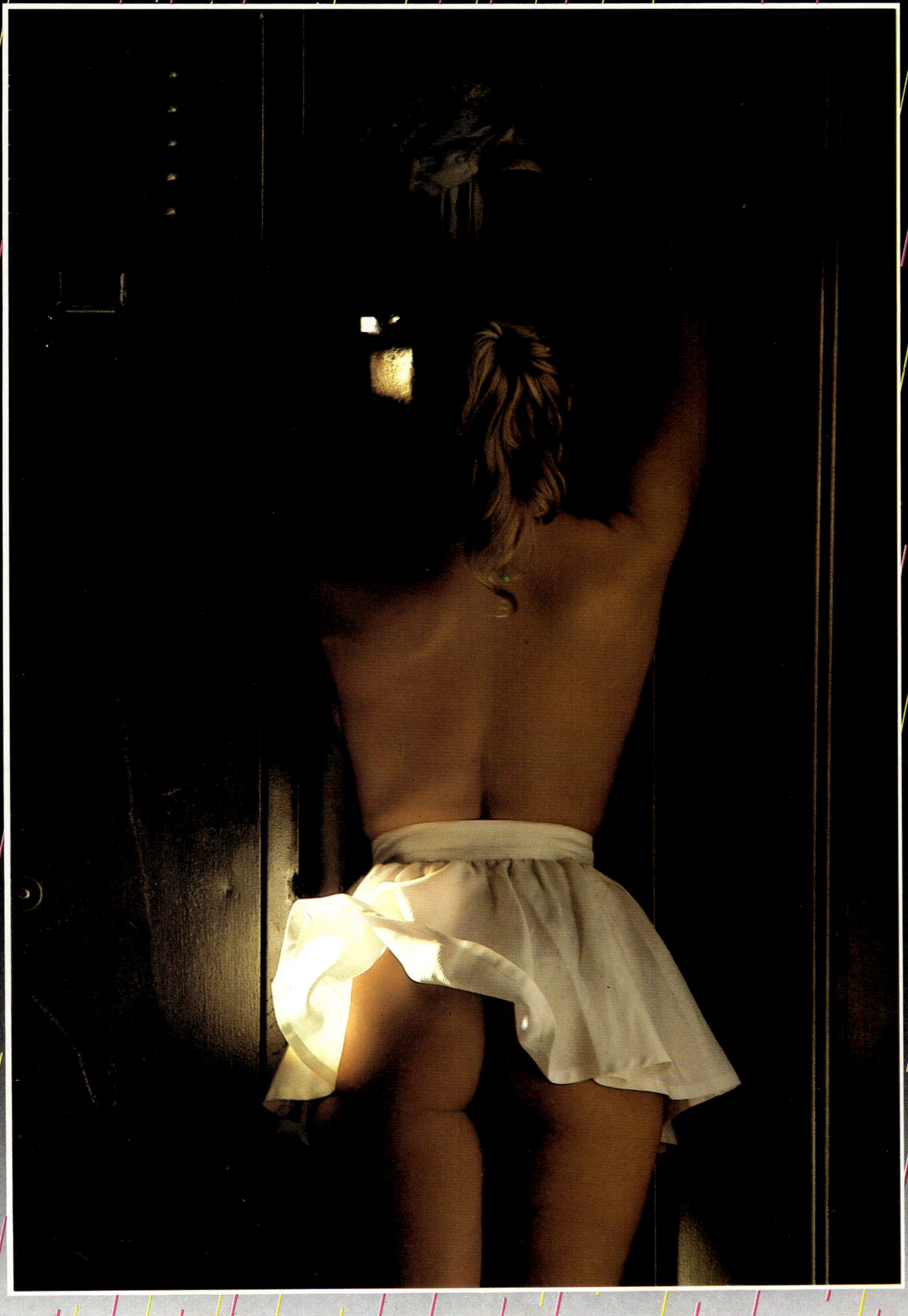

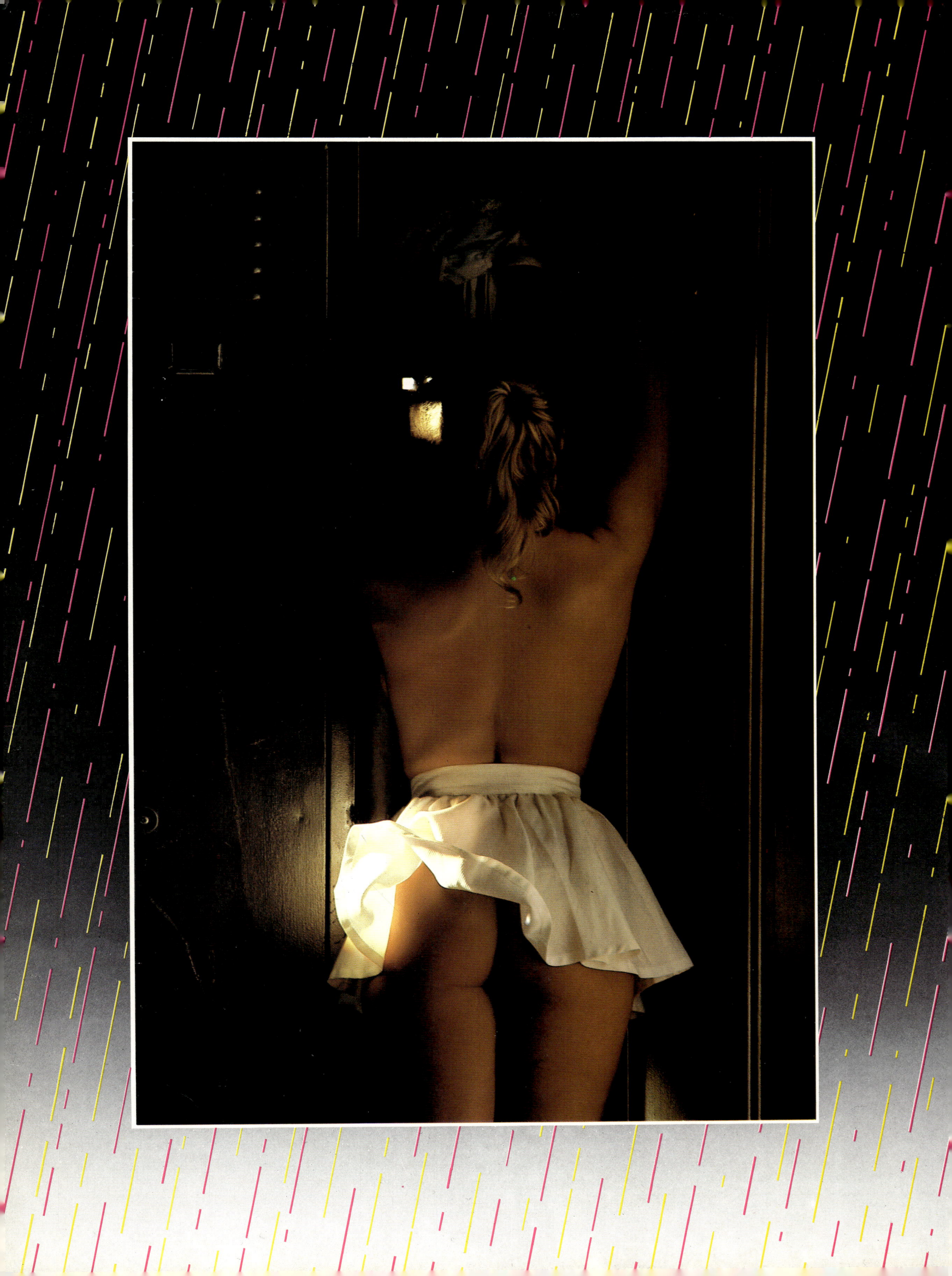

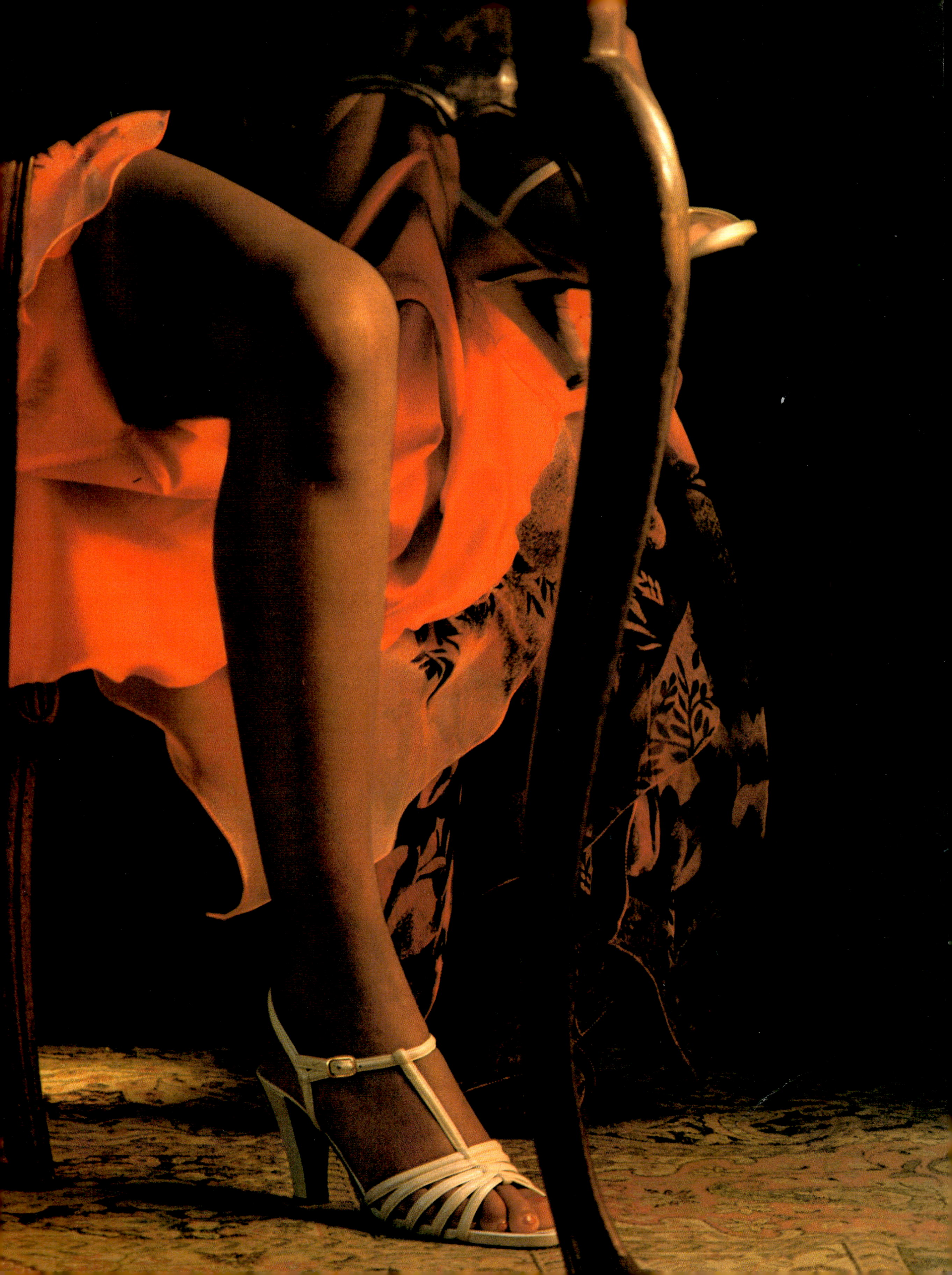

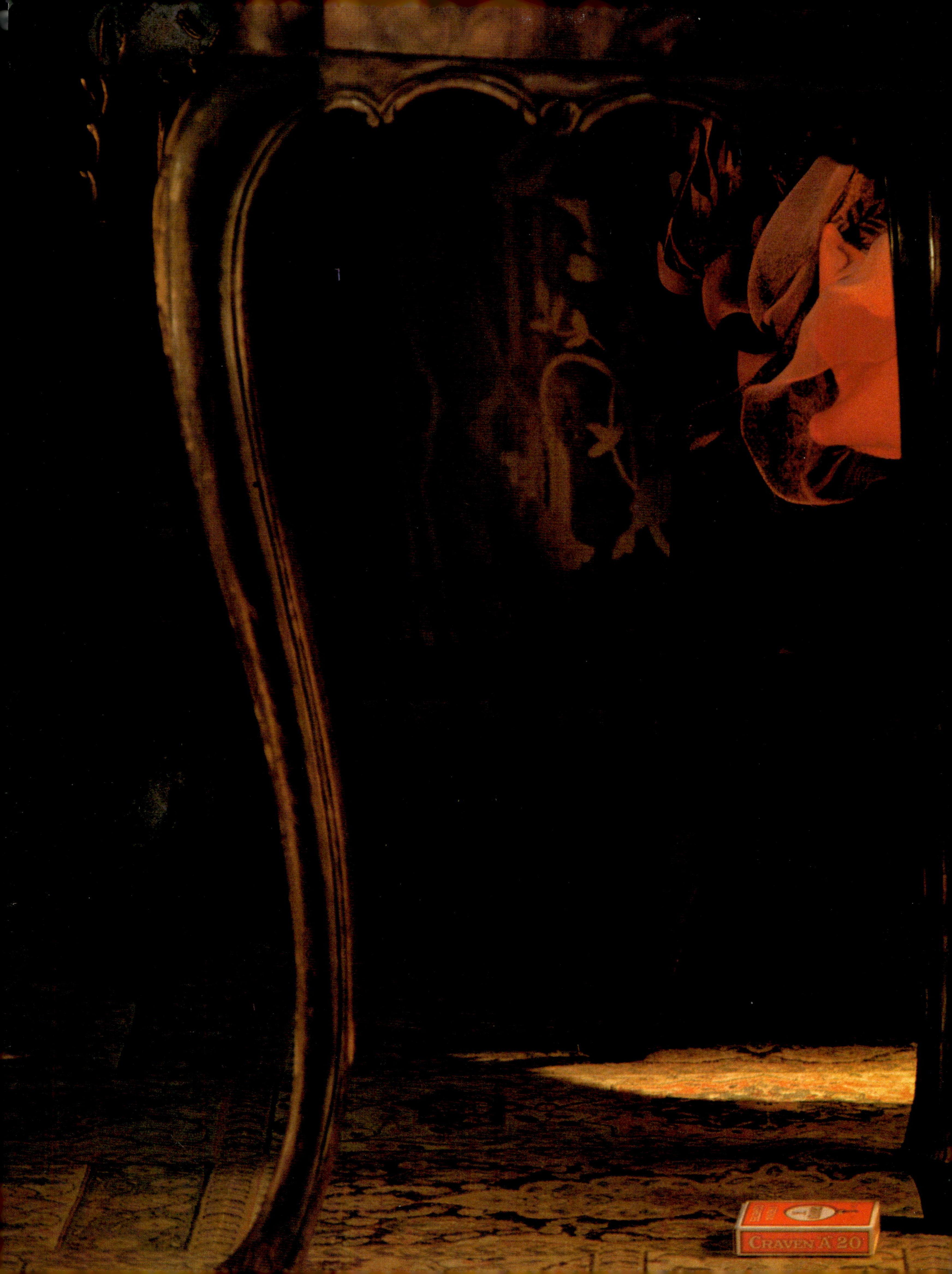
CRAVEN "A" 20

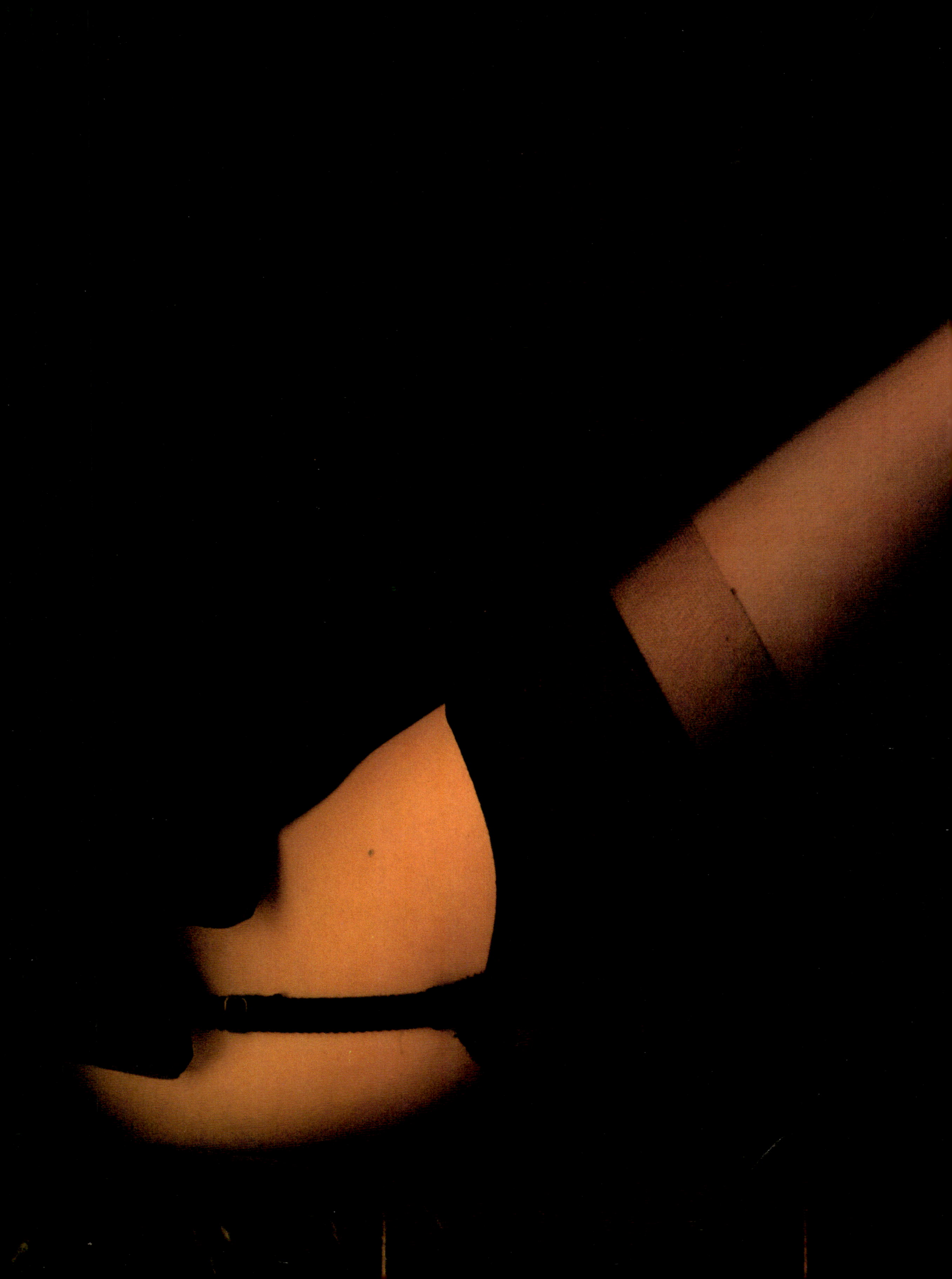

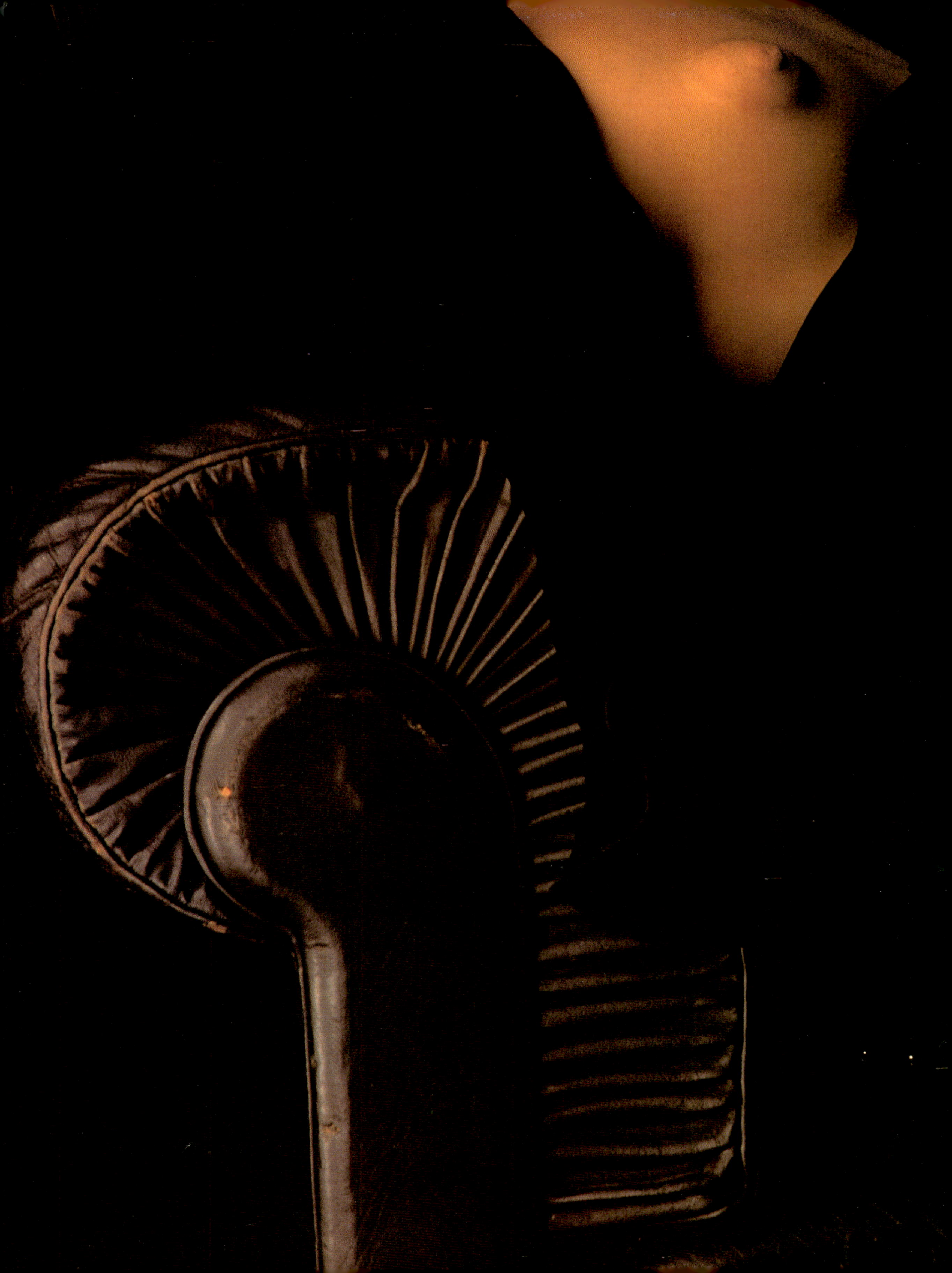

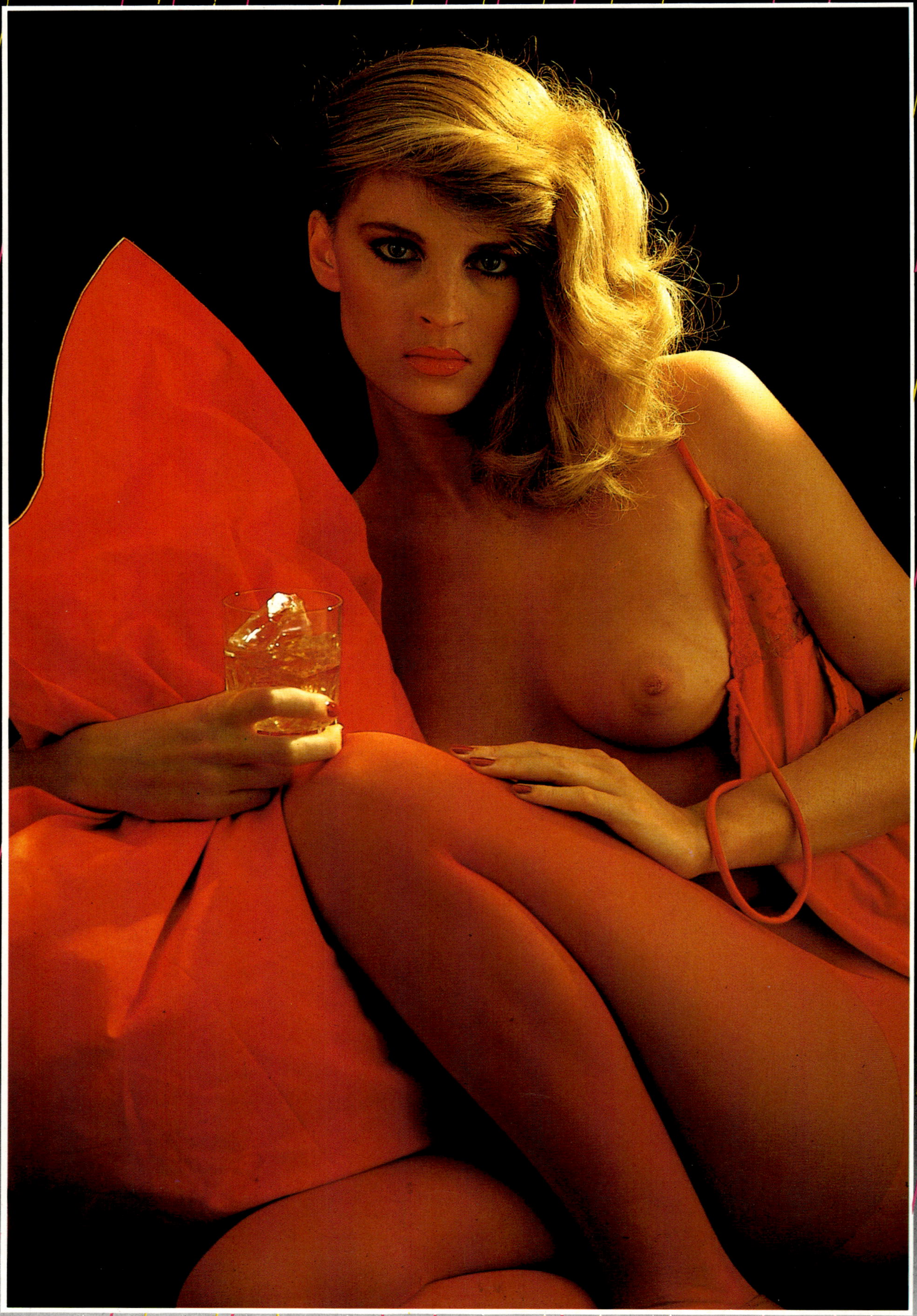

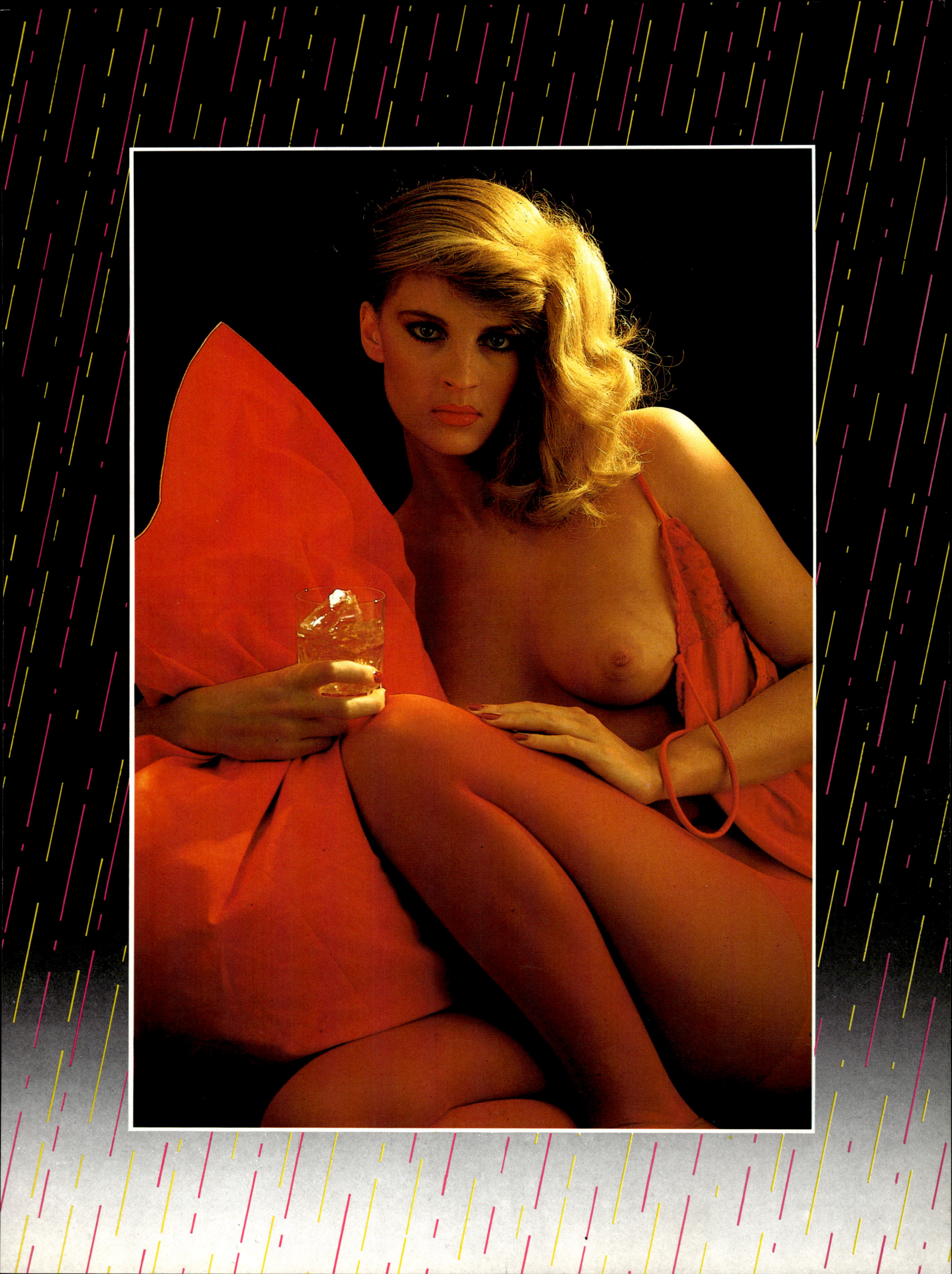

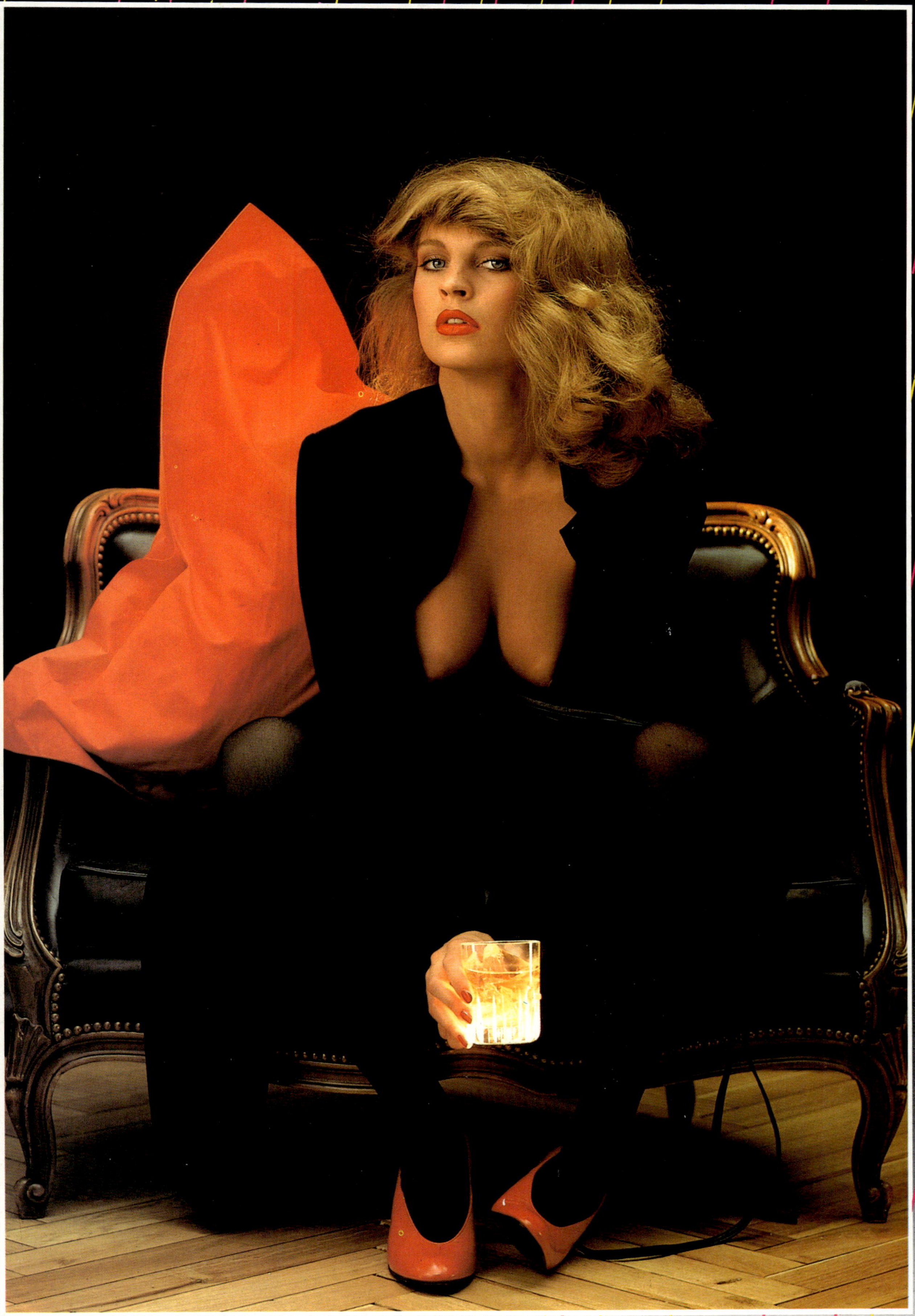

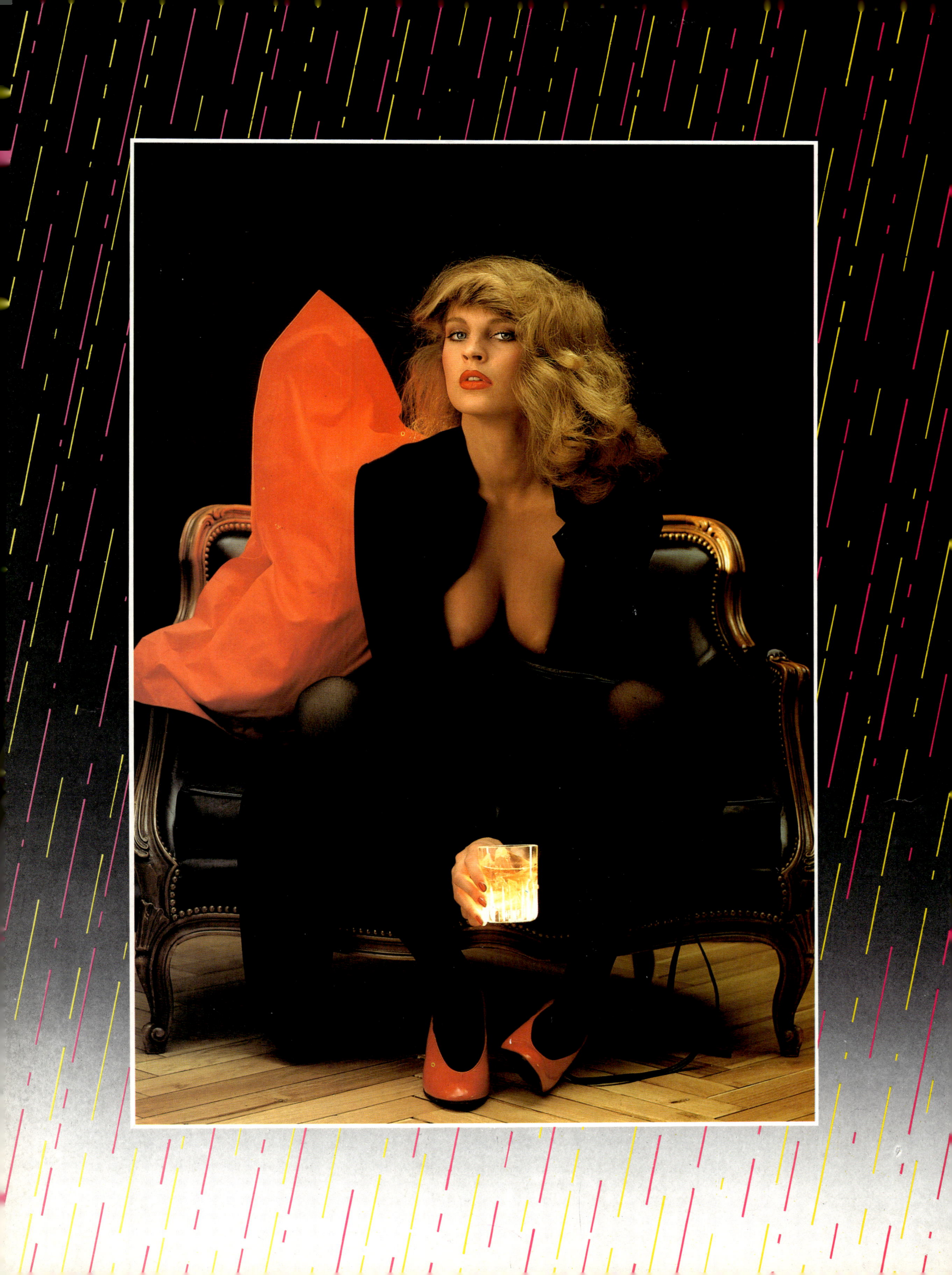

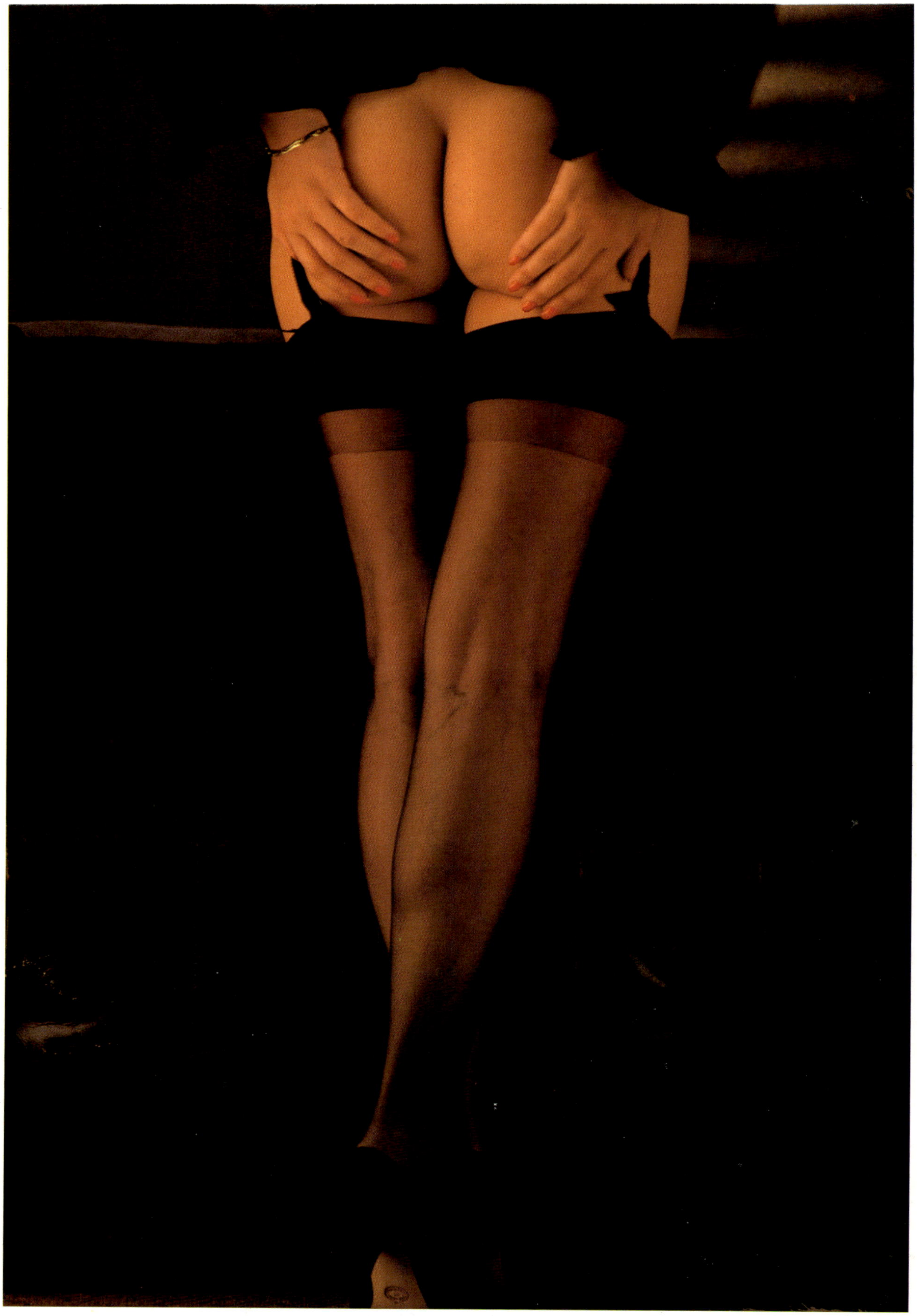

FRANCIS GIACOBETTI

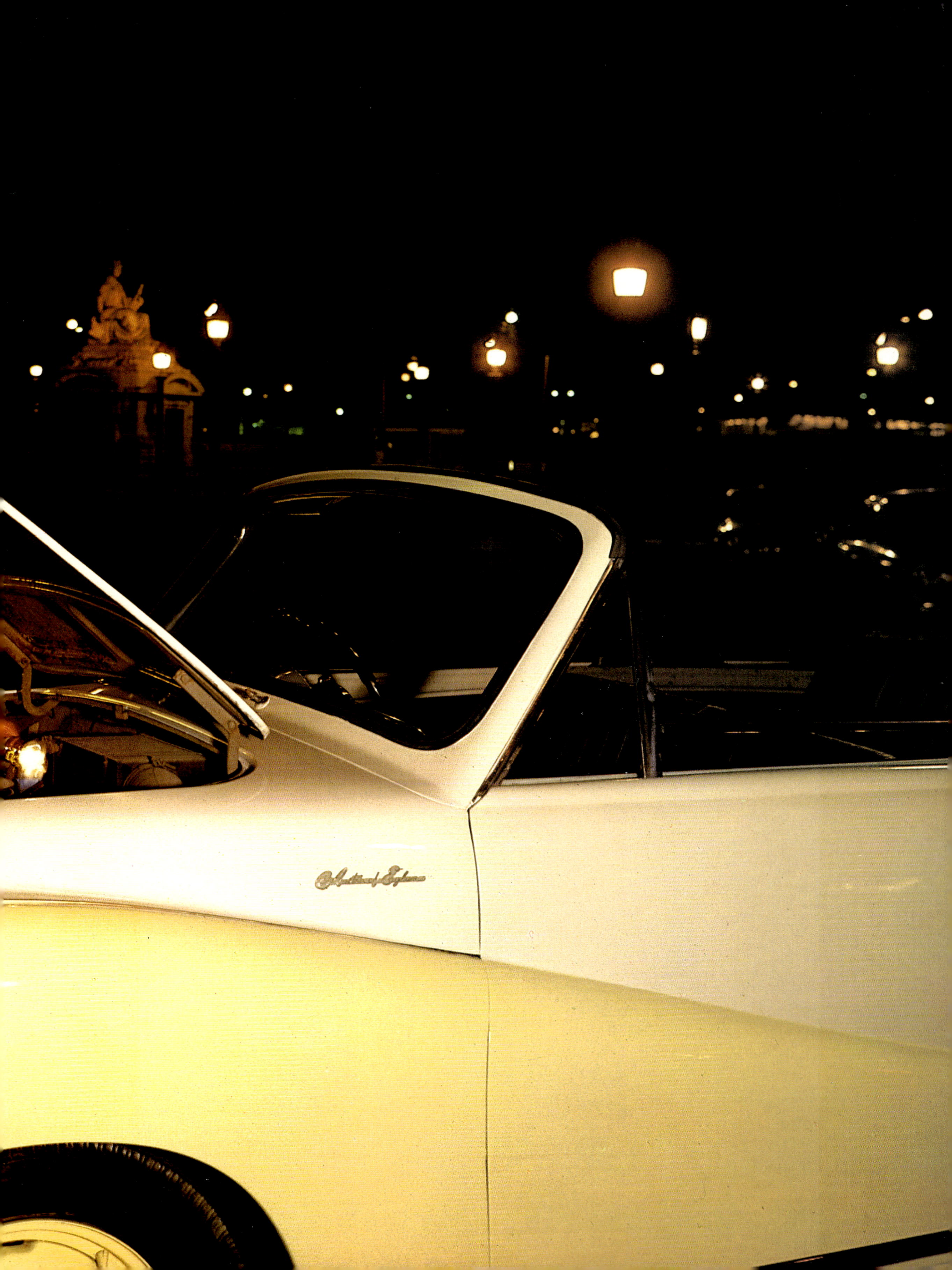

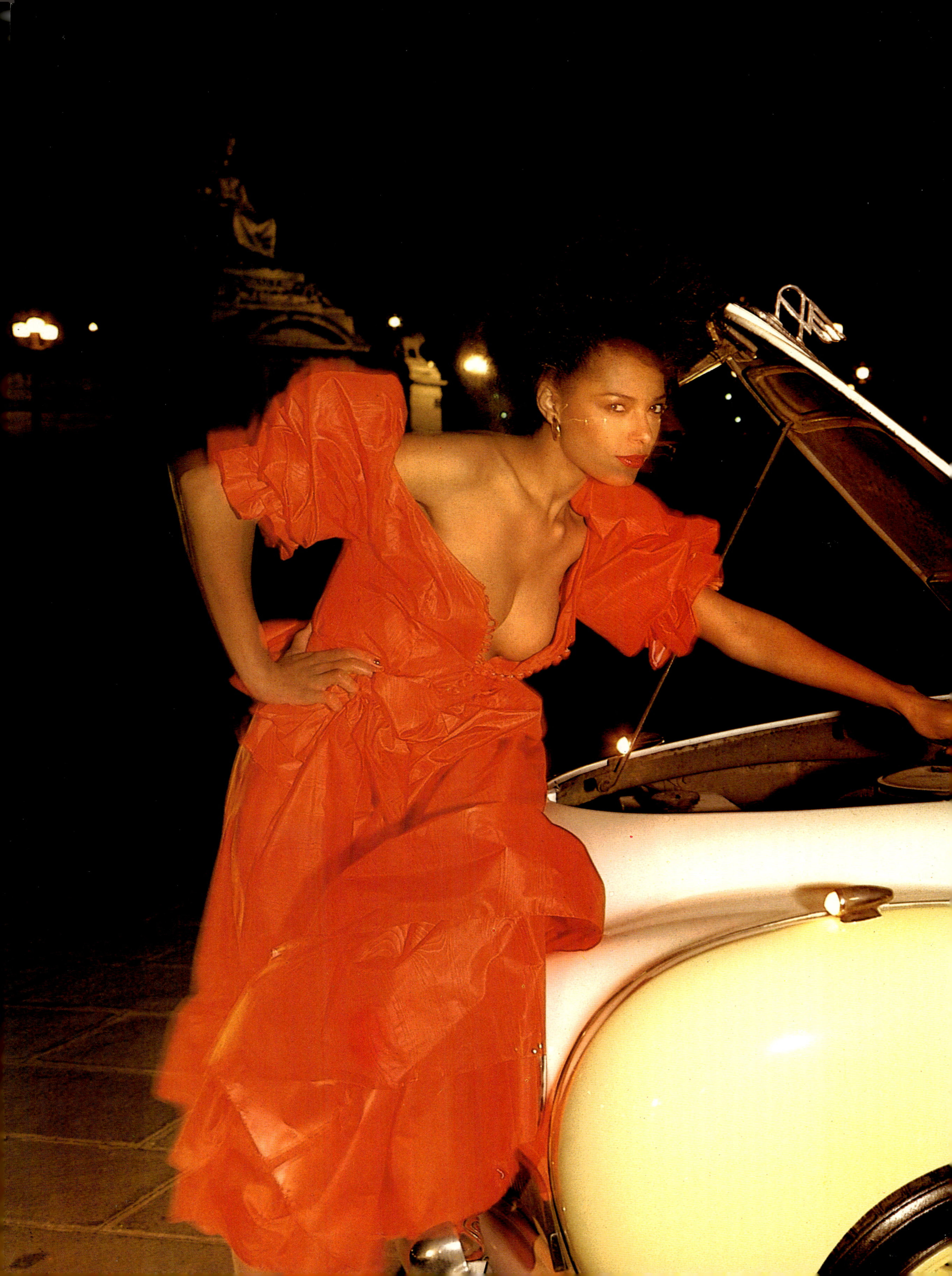

Ali Baba's
WEDDING CENTER
WEDDING
INFORMATION
24 HR SERVICE
WEDDING
INFORMATION
POOL
PETS WELCOME
RIGHT STOP
SOLAR
POOL
PHONES
MOTEL
APARTMENTS

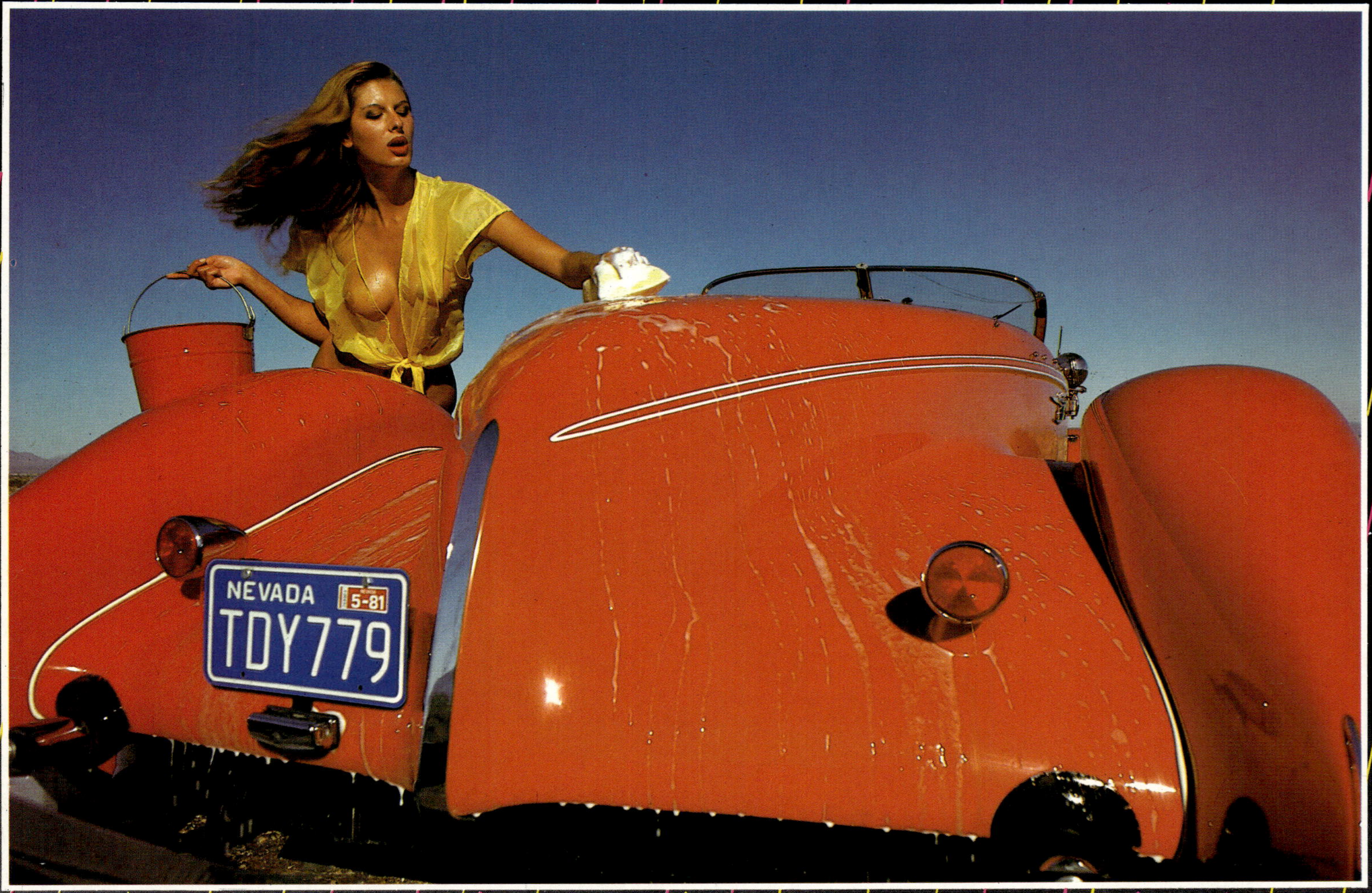
NEVADA
5-81
TDY779

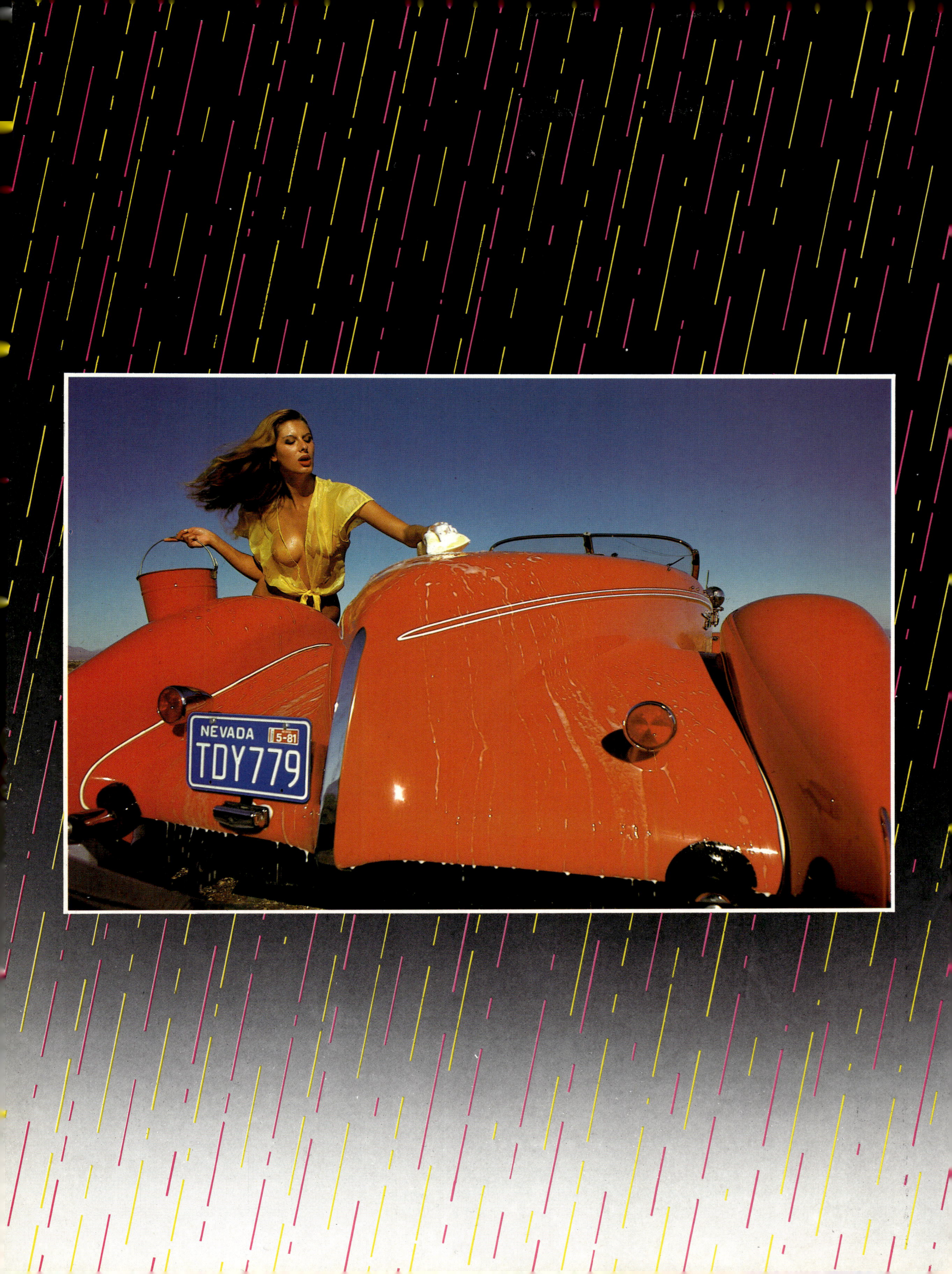

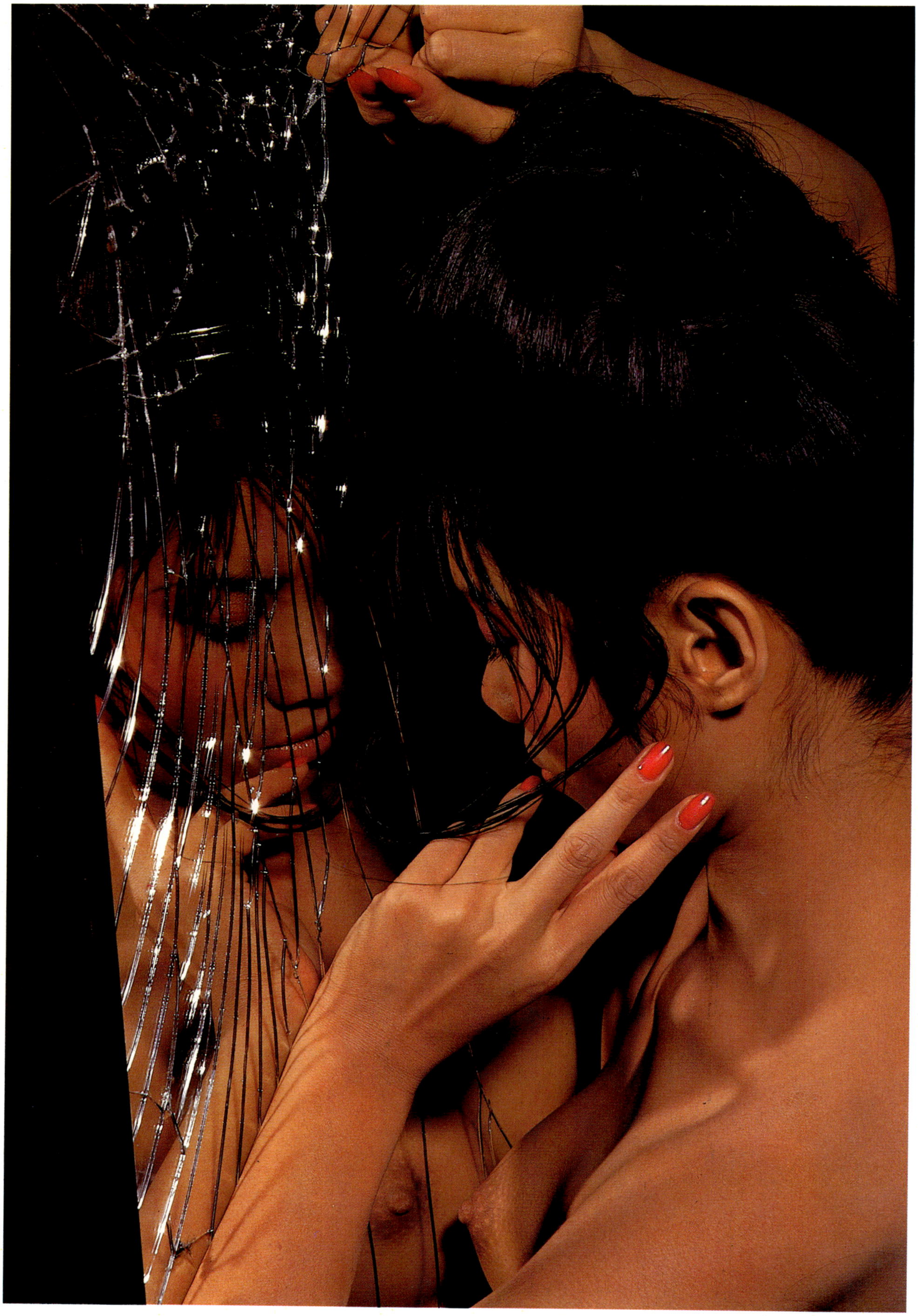

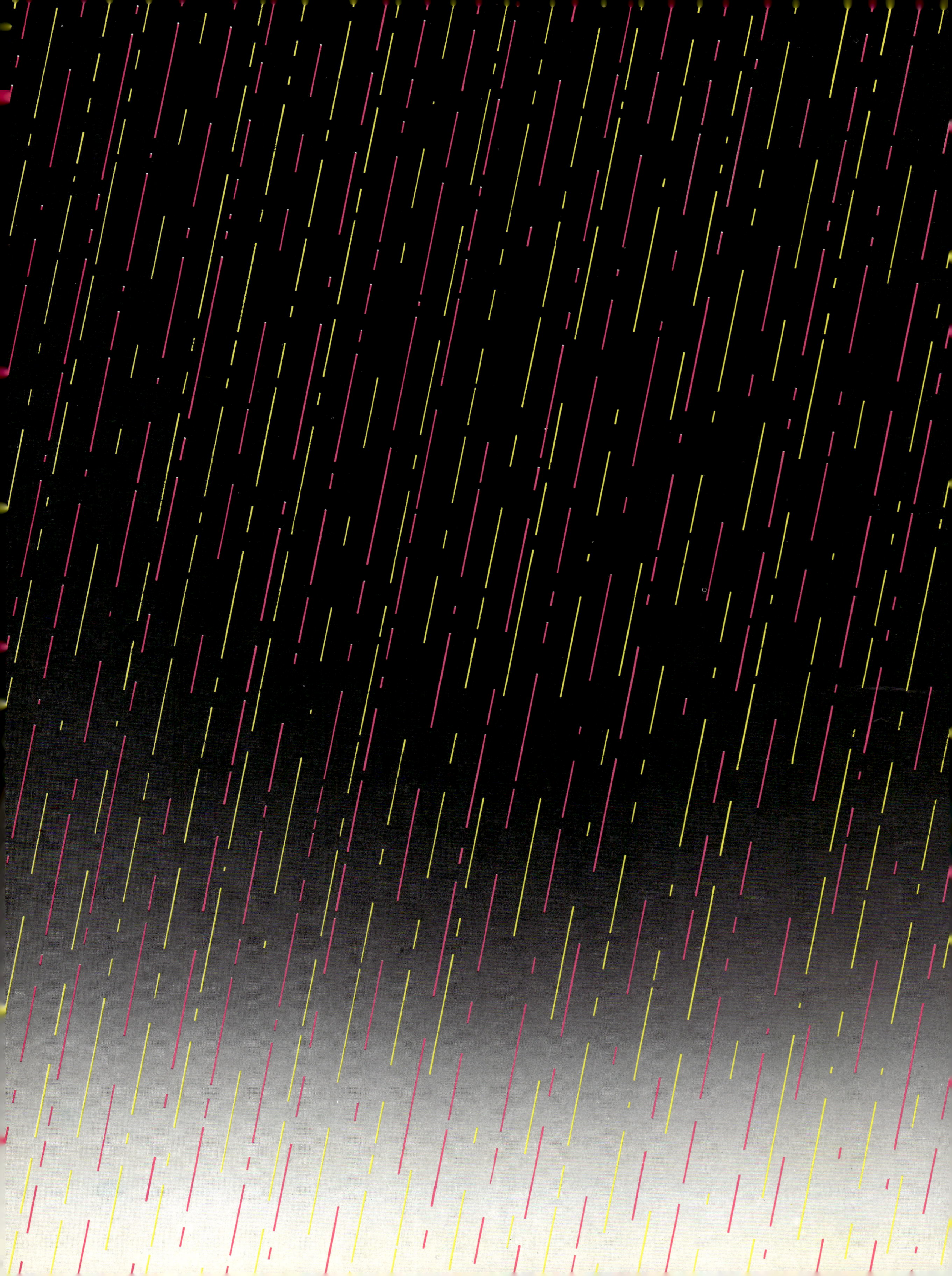

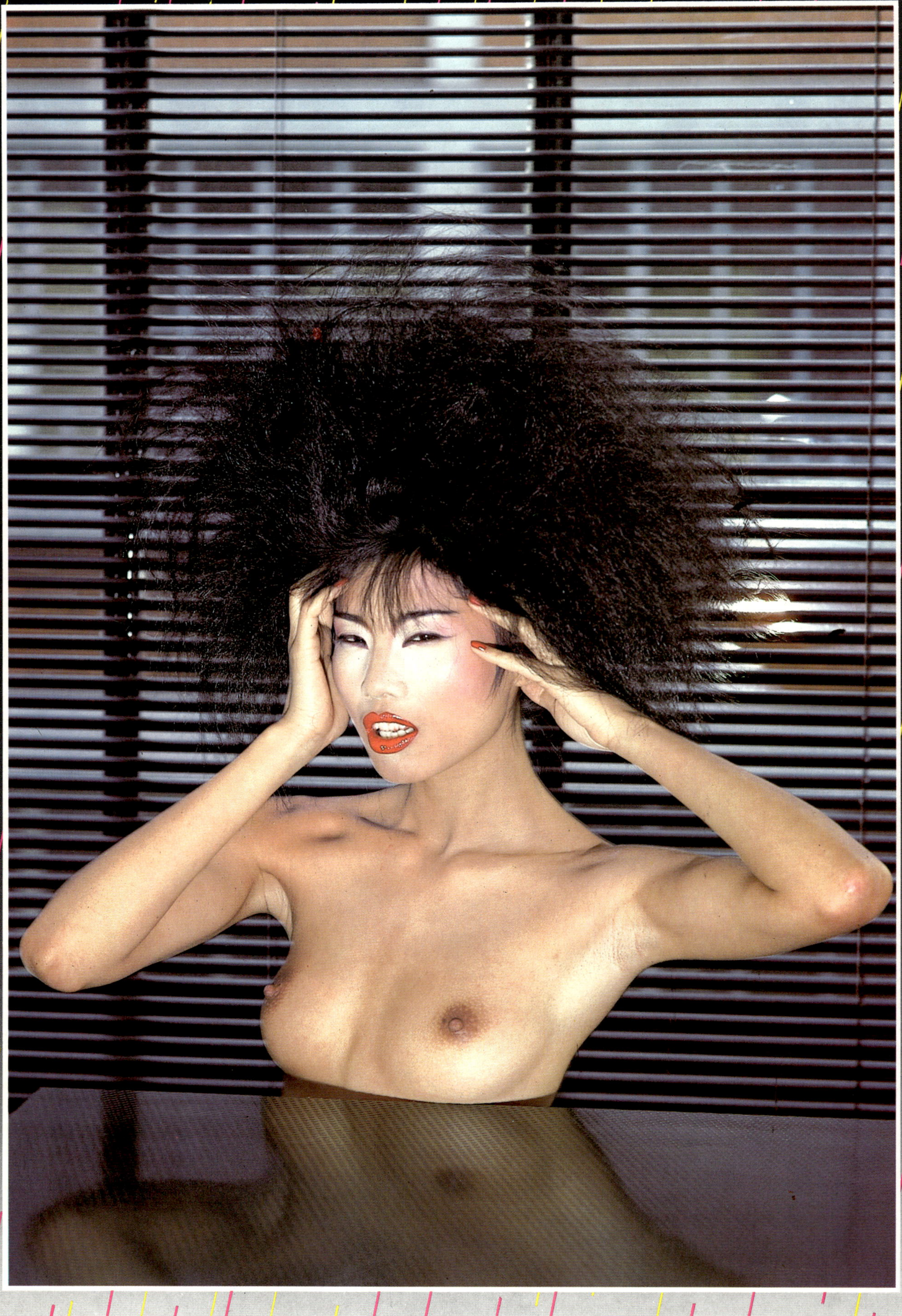

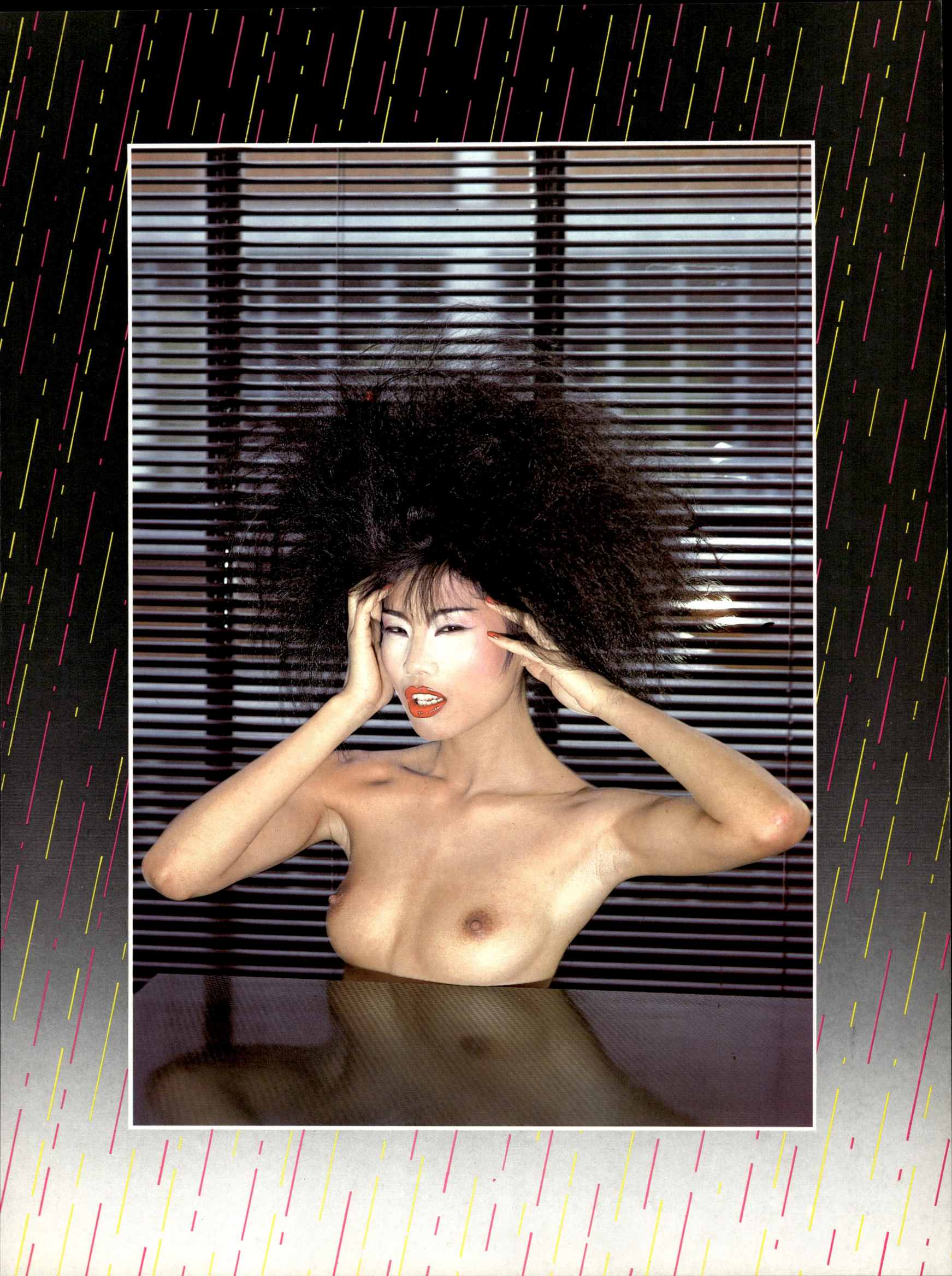

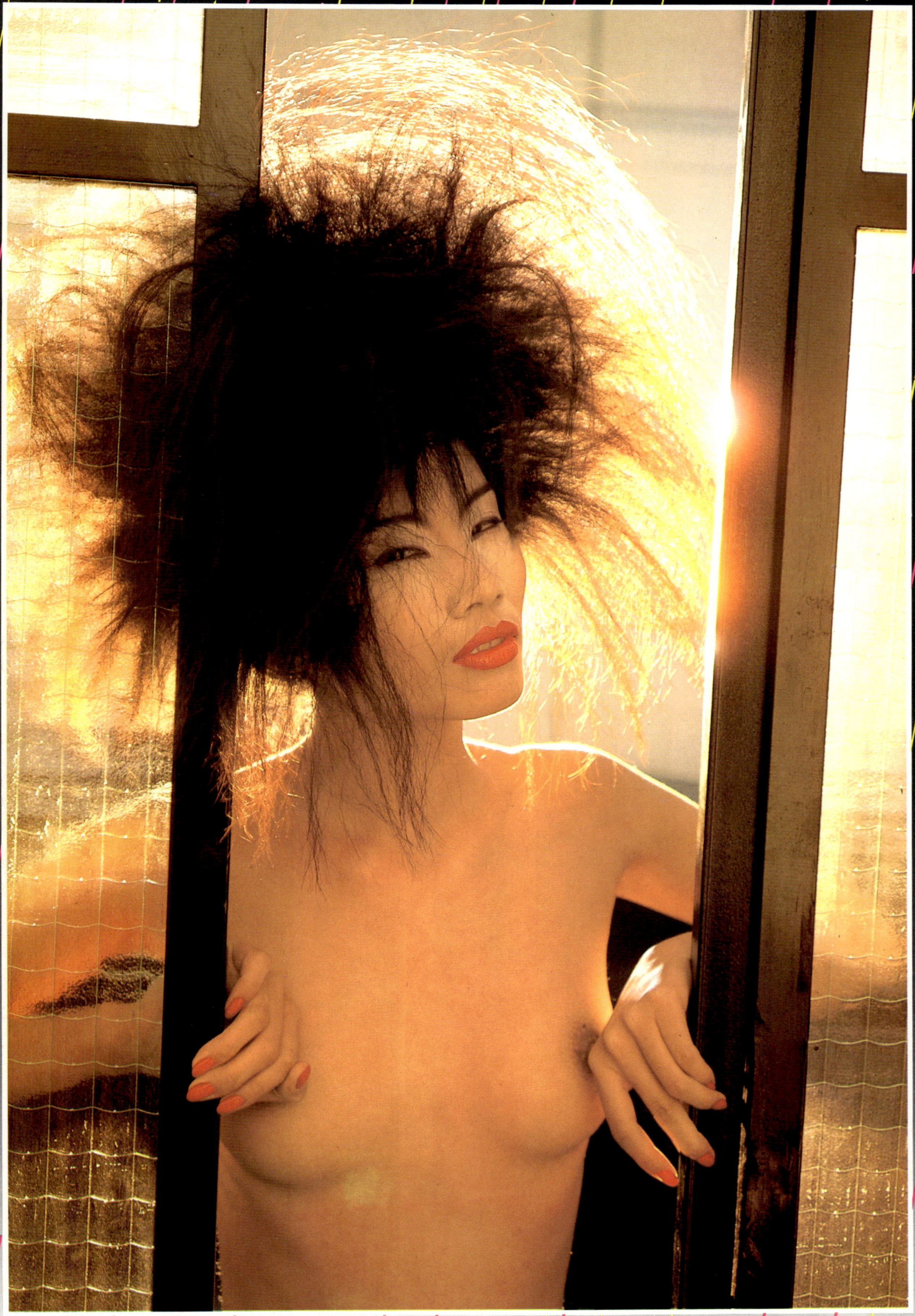

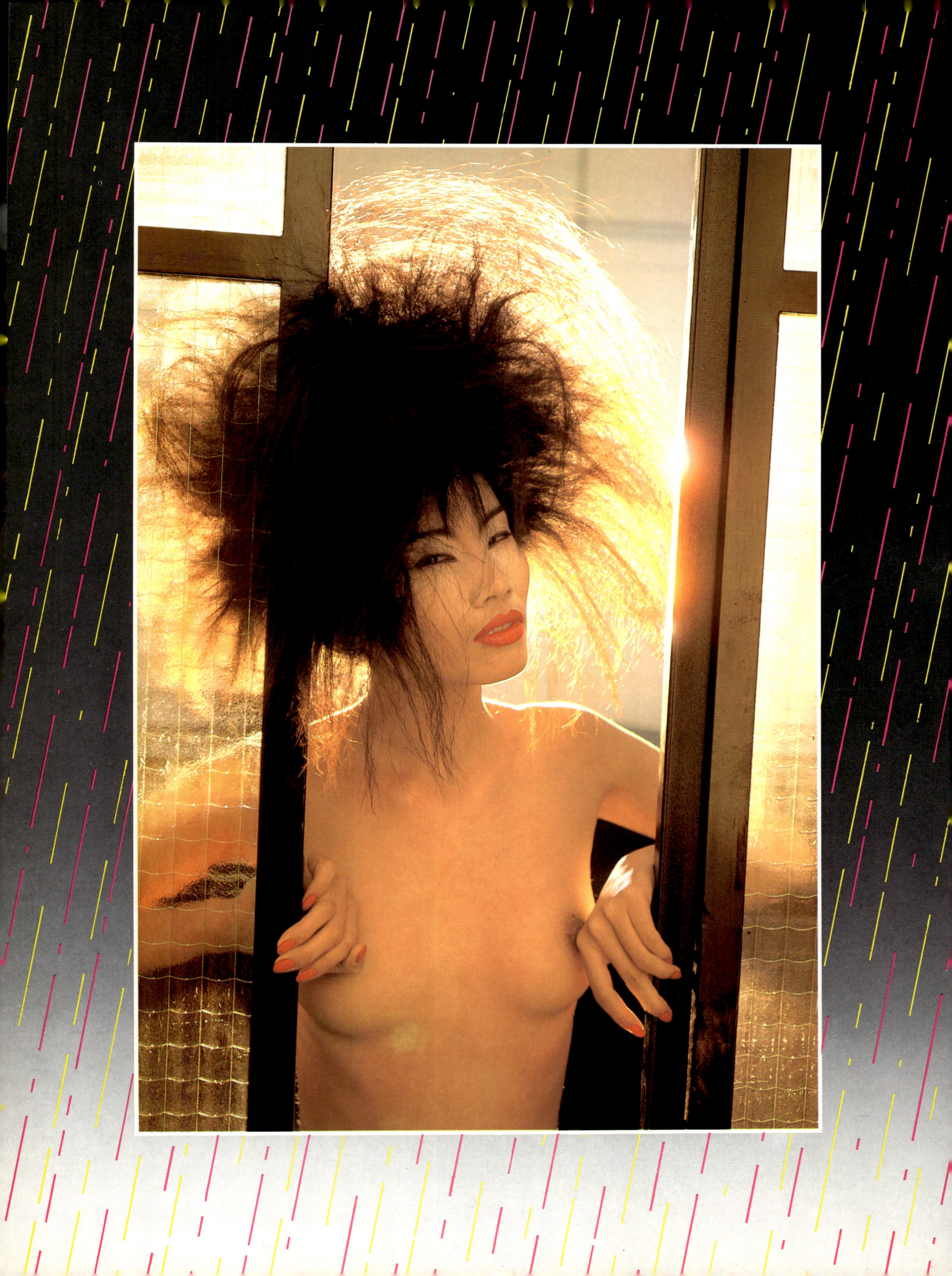

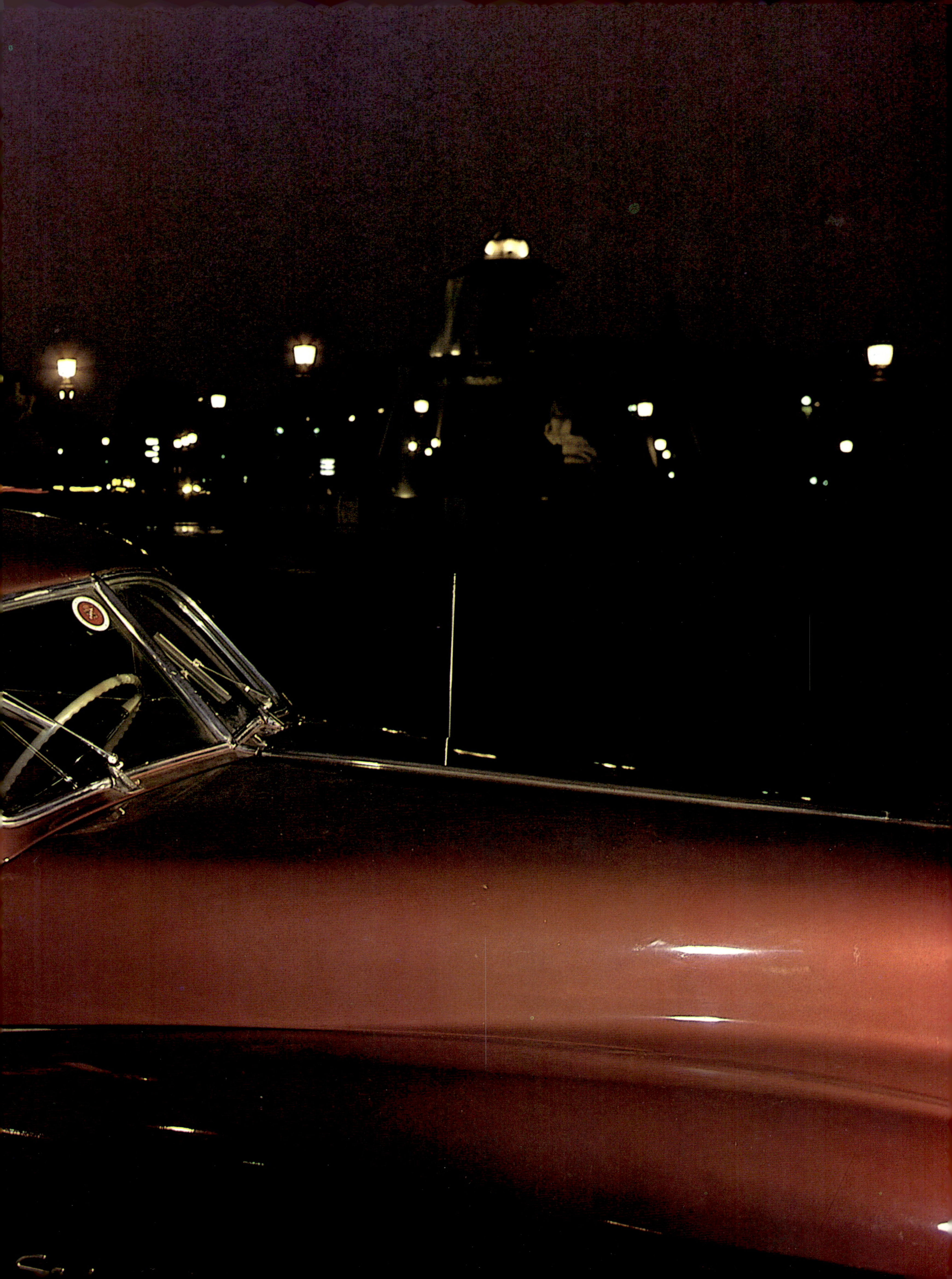

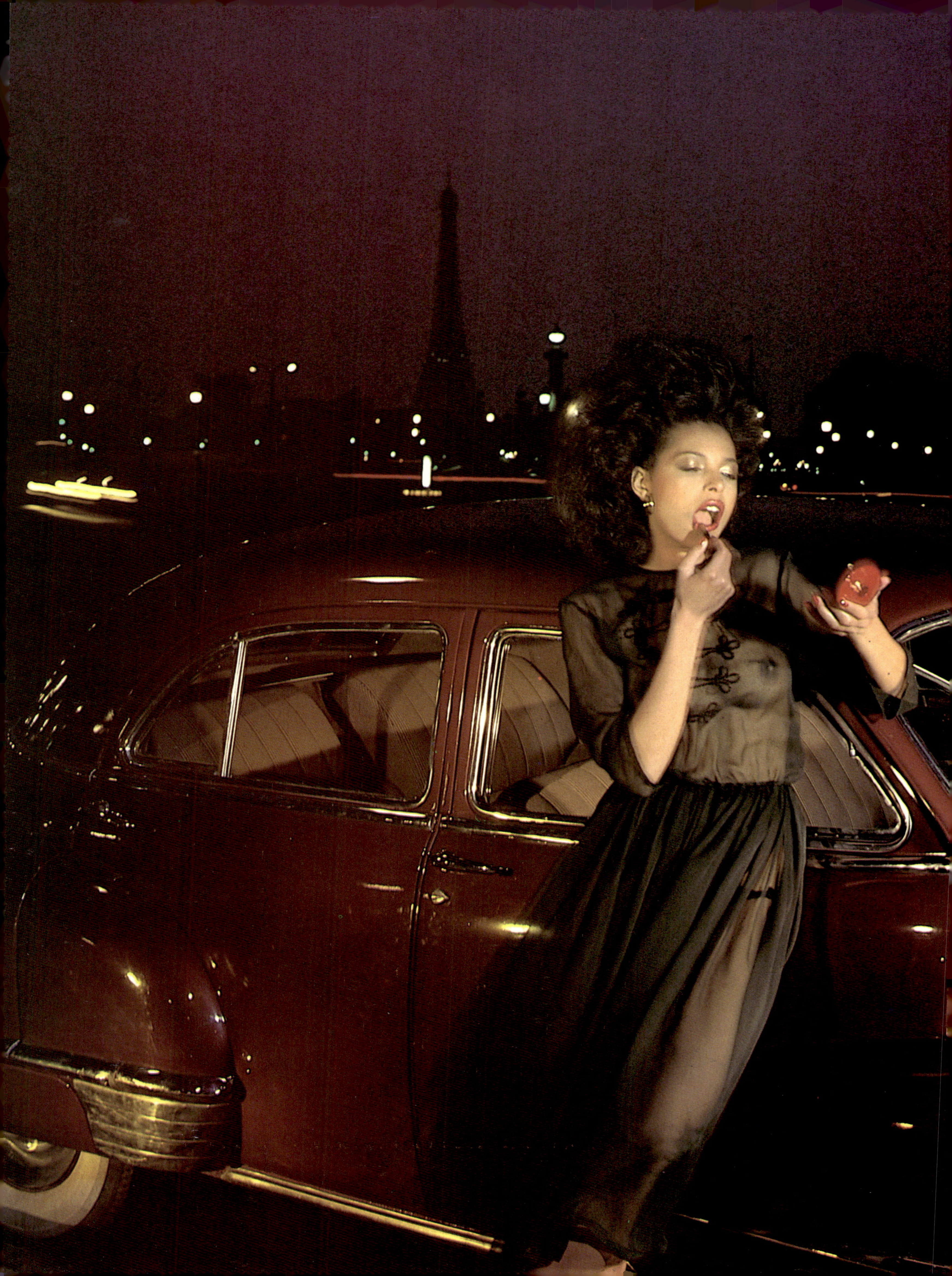

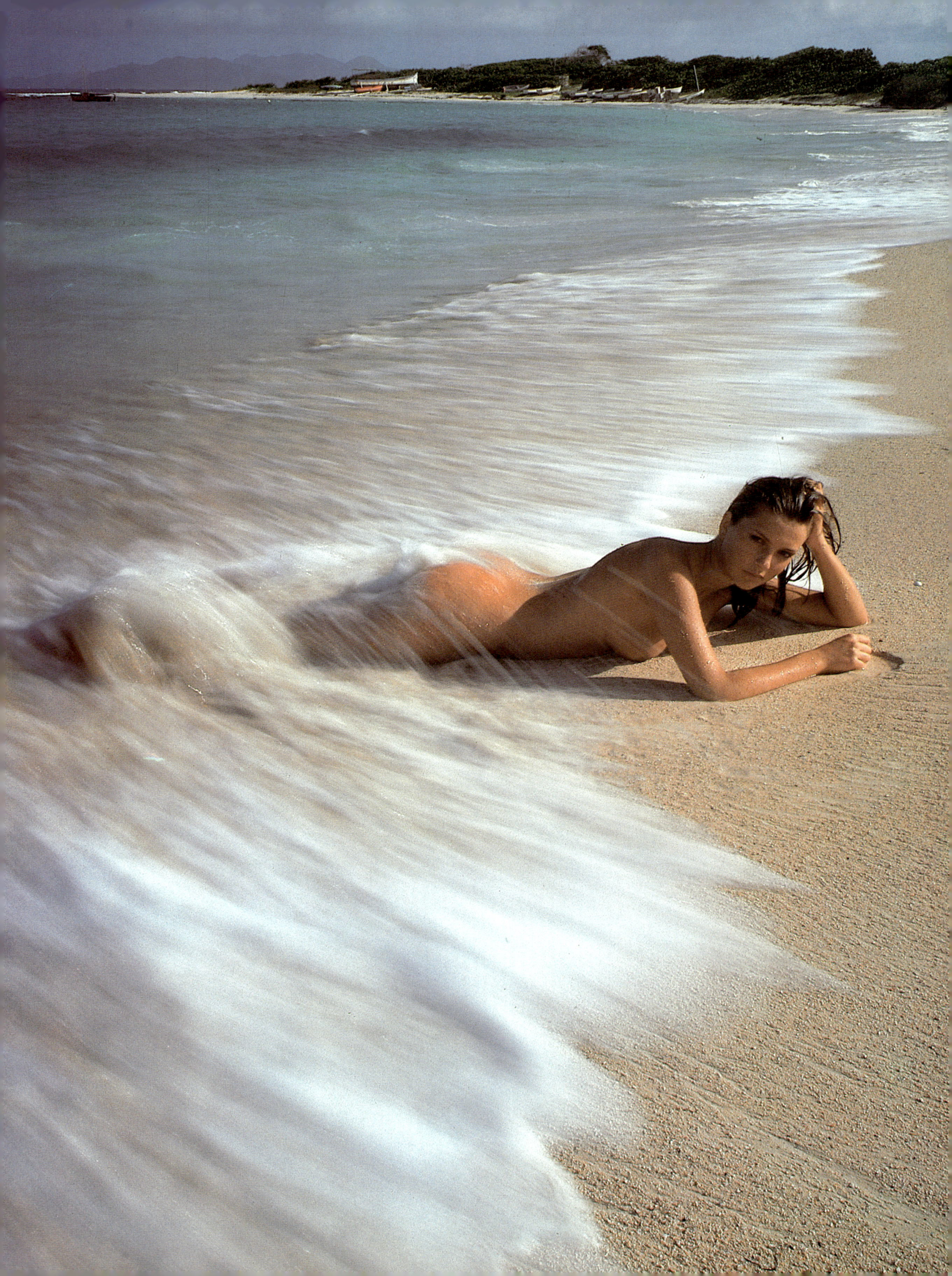

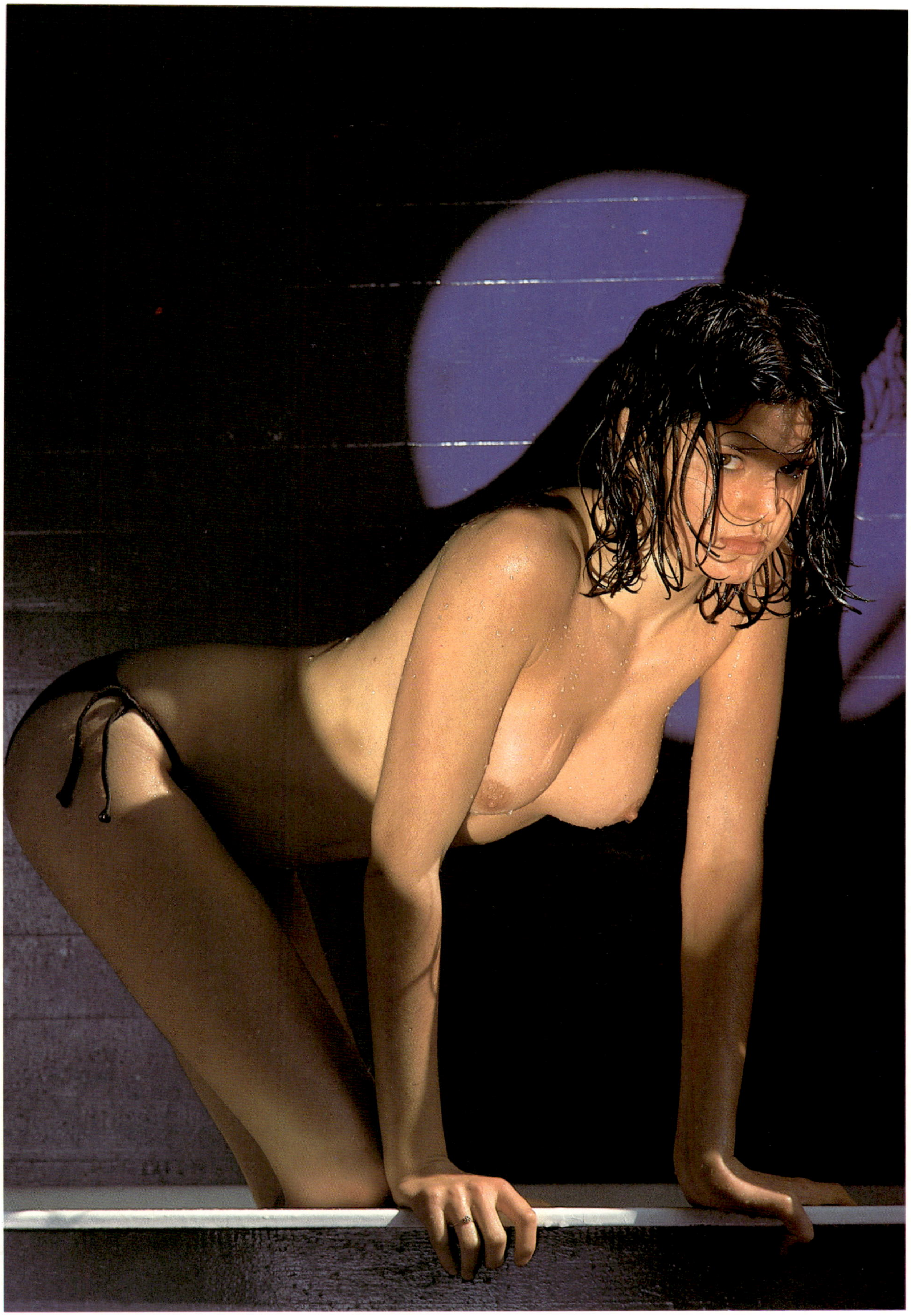

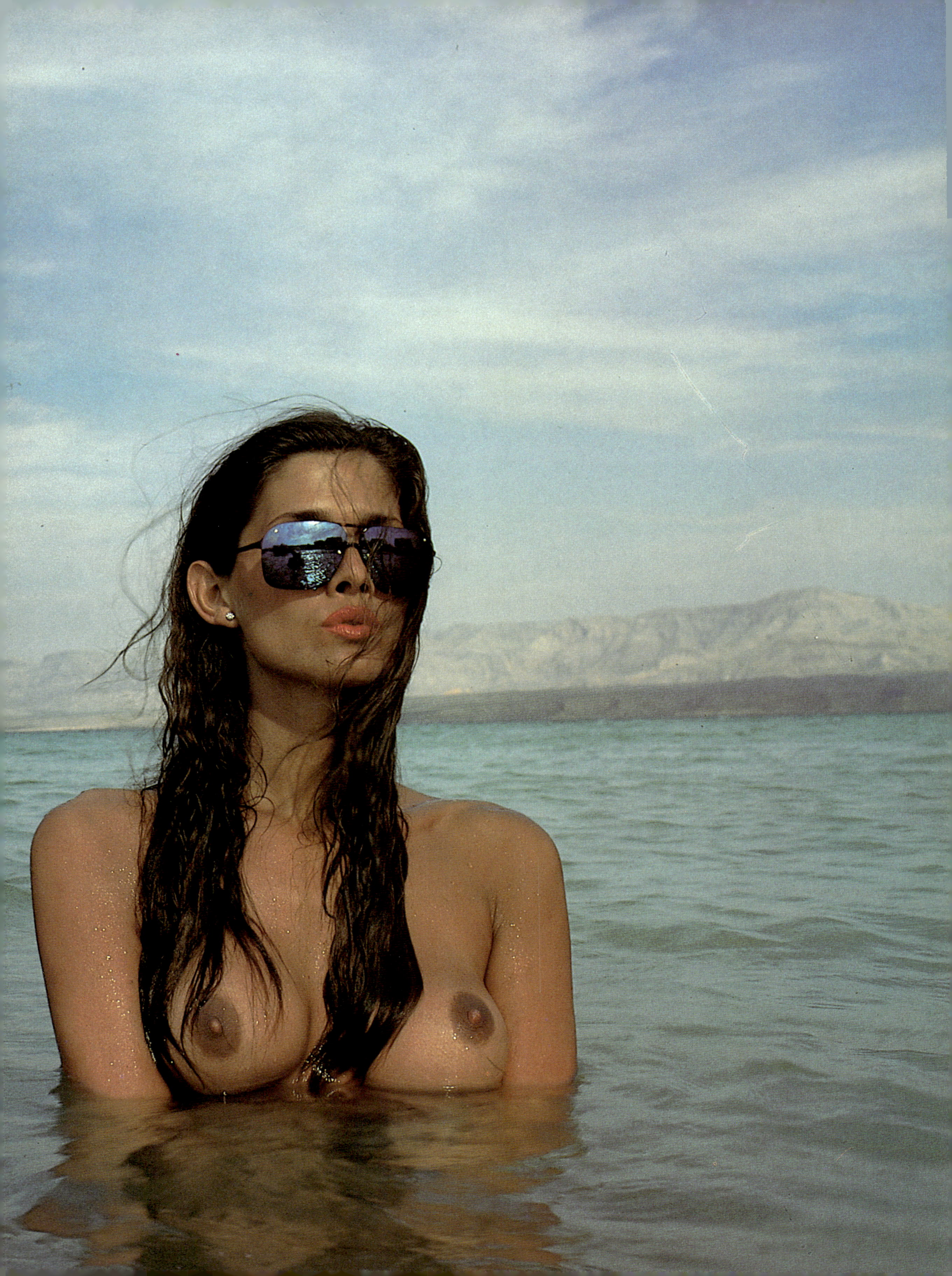

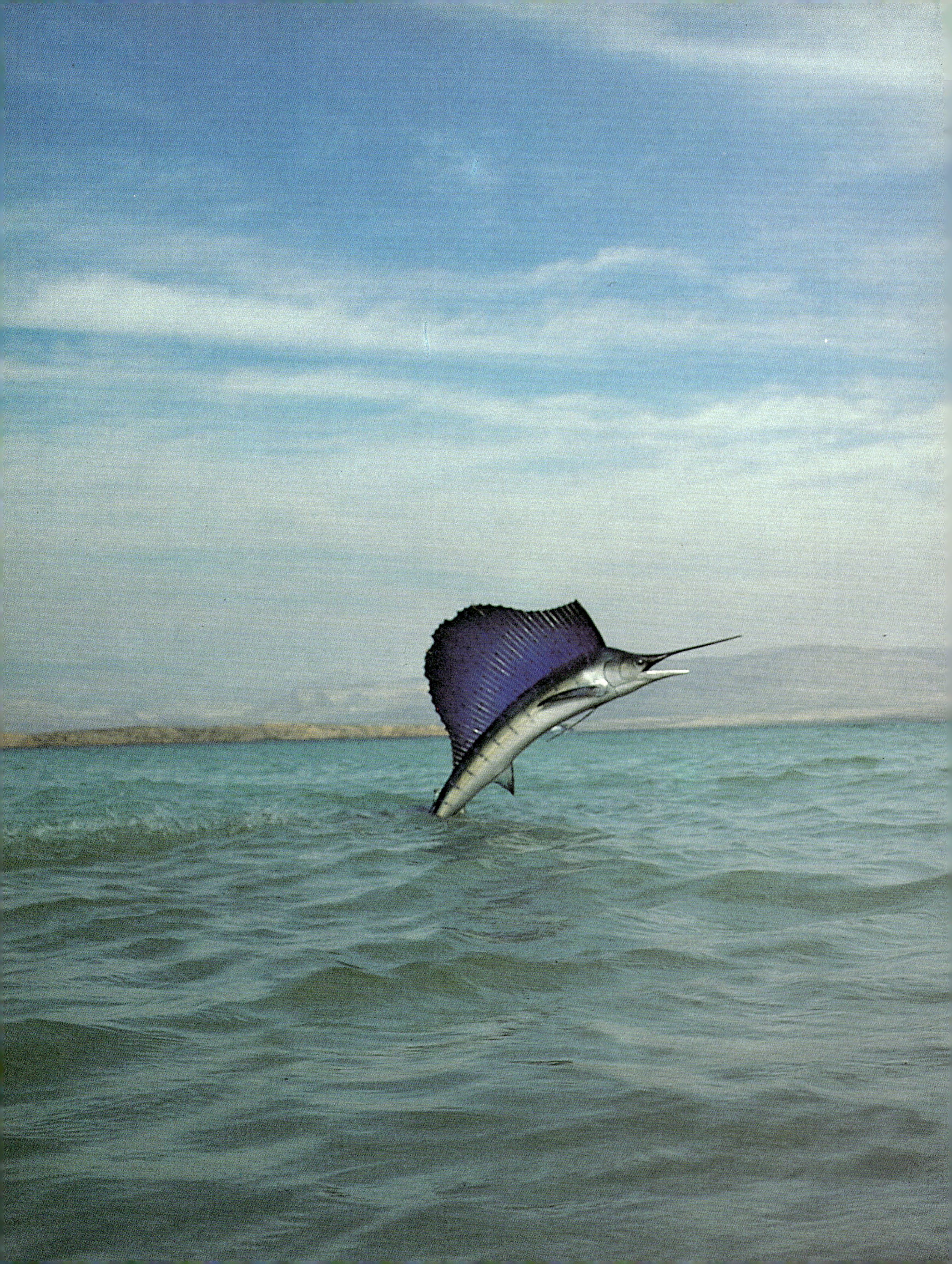

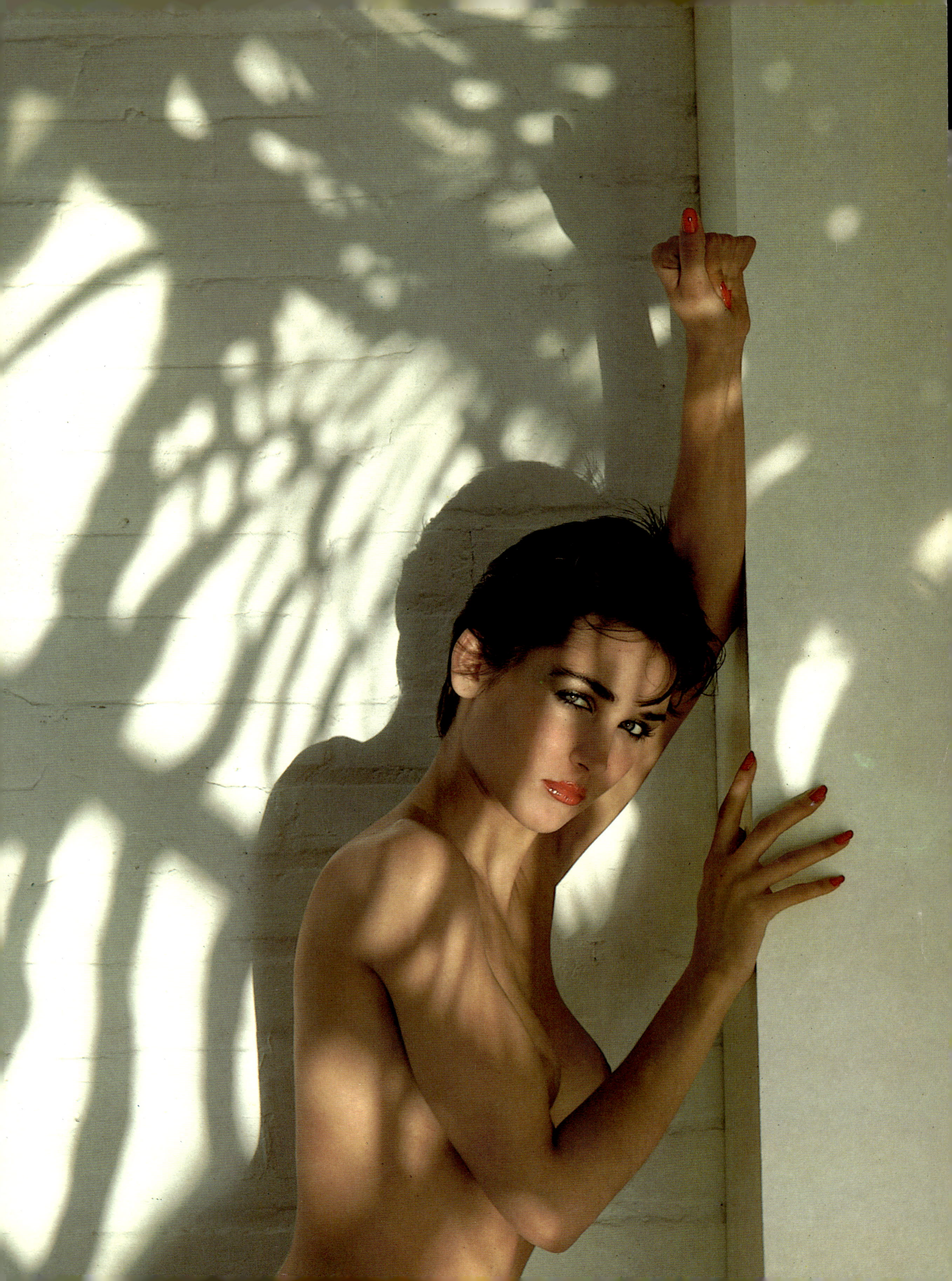

UWE OMMER

Cover Girls

Les photos de charme des grands photographes

UWE OMMER   FRANCIS GIACOBETTI   HANS FEURER   WENER BOKELBERG

BURT BUNGER   MARTIN KRÜGER   JEAN-DANIEL LORIEUX   DENIS JOBRON

JOE GAFFNEY   JACQUES BOURBOULON   JEAN-JACQUES BARRELLE

PAUL WAGNER   MICHEL MOREAU   ROBERT FARBER

LOVE ME TENDER EDITIONS

© RT CONTACT - 1982
Dépôt légal OCTOBRE 1982
Toute reproduction, même partielle de cet ouvrage
est interdite sans l'autorisation de l'éditeur.
I.S.B.N. 2.903.512.13.2
COVER GIRLS,
une production LOVE ME TENDER EDITIONS
17, 21, rue Nicolo, 75016 PARIS - Tél. : 504.63.05

Photo de couverture : JOE GAFFNEY

Conception graphique : LOVE ME TENDER
Photogravure : M.K. BARCELONE
Reliure : A.G.M.

Imprimé en Jugoslavie

PHOTO: UWE OMMER